追想五断章

米澤穂信

目次

追想五断章

序章　わたしの夢

わたしの夢

二年四組　北里可南子

わたしは最近、夢のことをよく考える。

おとぎ話で聞くような美しい国に、わたしと母がいる。顔はわからないけれど、母だということはわかる。

幸せでもいいはずの夢なのに、いつも、胸が苦しいような気がする。わたしは母の足にすがりつき、ここにいてとねだっている。そうしないと母はどこかに行ってしまうから。わたしはそれをなにより恐れている。

母はわたしに、優しい言葉をかけてくれることもあるし、ぜんぜん相手にしてくれないこともある。ひどい言葉でわたしを叱《しか》ることもあるようだ。夢のことなので、はっきりはしない。どちらにしてもわたしは安心できなくて、本当に必死の思いで、「おかあさん、ここにいて」と泣きじゃくる。

何度も見た夢の中で、これだけは確かだ。突然の大きな雷が、わたしの身をすくませる。その間に母は離れていってしまう。

すると、どこからか大勢の人間が集まってくる。彼らは不思議な呪文《じゅもん》を唱えて、母を探してくれる。わたしは母に帰ってきてほしくて、また泣いている。しかし今度は心から泣いているのではない。なぜならわたしは、母が戻ることはもうないのだと知っているから。これはたぶん、実際にそうだったという記憶があるからなのだろう。

夢の終わりは決まっている。悪魔のような形相が、わたしをじっと見つめている。わたしは凍りついて動けず、口を開くこともできないまま、恐ろしい視線にただ射すくめられる。

しかし何より怖いのは、こうして目覚めているわたしが、それが誰の目であったのか知っているような気がすることだ。

（『木霊《こだま》』）

第一章　奇蹟の娘

1

百頁《ページ》にも満たないのに、平綴《ひらと》じにされていた。紙は安いと見えたのに題字の墨痕《ぼっこん》が達筆で、それで記憶に残っていた。

武蔵野《むさしの》のバス通り。車の行き来は多いが、人はそれほど通らない。決まり通り北向きに入り口を開けた古書店、菅生《すごう》書店の奥で、菅生芳光《よしみつ》はしきりに顎《あご》を撫《な》でている。手の平に感じるわずかなざらつきは、剃《そ》り残しのひげ。椅子からだらんと足を投げ出して、薄暗い店内を眺めている。平日の午後、早い時間。店に客はいない。

「芳光くん」

カーテン一枚隔てた店の奥から、声がかけられる。

「値付け、やらない？　簡単なことなら教えるから」

肩越しに振り返ると、いつの間にかカーテンが開いている。薄汚れたエプロンをつけた久瀬笙子《くぜしょうこ》が、期待もしていないなさそうな目でこちらを見ている。一日中座っているだけの自分を気にかけてくれたのだとわかるから、芳光は気を悪くすることもなく、いつも通りに答えた。

「いいよ。伯父さんがやるから」

「そう。……三時になったから、わたしはこれで」

言いながら、もうエプロンを外しかけている。笙子は三時までのアルバイト。仕事を教えるつもりなど、最初からなかったのだろう。

「お疲れさんでした」

「はい」

ゴムバンドで簡単に束ねていた髪を下ろすと、笙子は年相応の若々しさを取り戻す。オリーブ色のチノパンや黄灰色のシャツは、埃《ほこり》の多いこの仕事のため、汚れてもいいものなのだろう。前に一度だけ、街中で笙子を見かけたことがある。この店で見るのとは違うみずみずしさに満ちていた。

芳光と笙子は一歳しか違わない。去年まではどちらも同じ学生だった。芳光は学資が続かなくなり、菅生書店の居候《いそうろう》になった。笙子は就職活動と卒業論文とサークル活動の合間に、古書店のアルバイトに来ている。

「出ていた分は纏《まと》めておきました。こっちが値付けの済んだもの。こっちはまだだけど、ほとんどあれだと思う」

あれなどと迂遠《うえん》な言い方をするが、見れば経済雑誌の古いものが山になっている。笙子が見て駄目なものなら、まず値は付かない。古紙として廃棄するしかないのだが、笙子は本を捨てるとは言わない。

「伯父さんに訊《き》いてから、捨てておくよ」

笙子はそれには答えずスニーカーを履くと、

「じゃあ、明日は一時からね」

と確認して店を出て行った。

笙子はほとんど毎回、仕事が終わると何か一冊買っていく。それが今日に限ってさっさと帰ってしまったのは、何か別の用事があったか、芳光がわざわざ「捨てる」と言ったことに腹を立てたのかもしれない。

菅生書店の店主、菅生広一郎《こういちろう》は、甥《おい》の芳光よりもアルバイトの笙子に仕事を教えた。笙子はある程度値付けもできるが、芳光はまだ、会計と体を動かすことしかできない。芳光はそのことで伯父を悪く思ったりはしていない。笙子は本が好きだし、知識もある。芳光も本は好きな方だが、ここにいるのは、大学をやめても東京にへばりつく、そのためだけだ。

ここで世話になった最初の日、芳光は「しばらく腰掛けで世話になります」と言ってしまった。「腰掛けならレジを頼むわ」と言ったきり、伯父は何も教えようとしなかった。腰掛けという言葉は失敗だと思ったが、嘘《うそ》ではなかったので、彼もまた自分から学ぼうとはしなかった。

後から入った笙子が仕事を覚えていく傍ら、芳光はずっとひげを剃り残した顎を撫でていた。伯父の家に置いてもらうことになったのが四月。それから季節が巡り、年が改まり、もう松も取れた。平成五年。いつまでも続くと思われた好景気はぱちんと弾《はじ》け、いいニュースはめっきり聞こえてこなくなった。テレビでも新聞でも就職難の話題が出ない日はない。

椅子に座ったまま腕を伸ばし、腰を左右に捻《ひね》る。灰色の天井を仰いで大あくびしたところで、冷たい風が吹き込むのに気づく。入り口に人の姿があった。目にも鮮やかな橙《だいだいいろ》色のコートに、白のハンドバッグを下げた女。学生や学者の多い菅生書店には珍しい客だ。ちらと目があって、芳光はあくびを引っ込める。カウンターに肘《ひじ》をつき、顎を撫でると、やはりざらりとした感触が手に残った。

暗く埃っぽく、入り口の狭い菅生書店は、入りやすい店とは言えない。店先に並べたワゴンに足を止める客は多いが、なかなか店の中までは入ってこない。入ってきても、レジは書棚の奥の奥、薄暗がりの中にある。たいていの客は帰ってしまう。

女はわずかにためらいはしたが、戸口をくぐった。書棚には目もくれず、まっすぐ芳光に近づいてくる。手にはハンドバッグのみで、捨て値のワゴン本は見あたらない。もし欲しい本があるのなら、芳光では探し物の役には立たない。こちらから声はかけず、目も上げずにいた。

女の声は、少し鼻にかかっているようだった。

「すみません。ちょっとお尋ねしますが」

「はい。何ですか」

「こちらは昨日、甲野十蔵《こうのじゅうぞう》さんのお宅から本を引き取った菅生書店さんで、間違いなかったですか」

芳光は初めて顔を上げた。血色の良いくちびるが目に入った。年の頃は自分とほとんど変わらない。薄化粧で、目の辺りにわずかに緊張がうかがえた。

「……ええ、そうです」

十蔵という名前までは知らなかったが、甲野という家には確かに行った。

伯父とは長いつきあいだったという。学者で、何日か前に死んだ。「大往生には少し早いが、まあ、よく生きた方だろう」と伯父が言っていた。蔵書を纏めて引き取ることになって、芳光と伯父は店のライトバンで世田谷《せたがや》に出かけた。

甲野は土地の高そうな住宅街に赤煉瓦《あかれんが》の家を構えていて、部屋の調度もいちいち艶《つや》めいて見事だった。それでいて蔵書の質は上々とはいかなかったようで、苦虫を噛《か》み潰《つぶ》したような伯父の表情は終始変わらなかった。芳光は朝から晩まで、本を段ボール箱に詰め、それをバンに運んでいた。

さっきまで笙子がかかりきりになっていたのも、甲野の蔵書の値付けだ。伯父と笙子が取り組んで、全部に値が付くのが何週間後か見当もつかない。

「あの蔵書に何かありましたか」

甲野家で芳光たちを迎えたのは、見るからに本に興味のなさそうな男だった。四十は超えていただろう。運び役の芳光を「あまり散らかさんでくれ」と叱《しか》りとばす一方、伯父の広一郎には「そんなに安いはずがない」としきりにぶつぶつ言っていた。やっぱり安いから返せと言いに来たのか。客の顔を盗み見るが、どうもそんな感じでもない。

「ええ。実は、探している雑誌が紛れ込んでいたらしいのです」

「雑誌ですか。確かに、たくさん引き取りましたが」

「雑誌といっても、普通の雑誌じゃないんです」

客はハンドバッグから薄い本を出してきた。

「これです」

百頁にも満たないのに、平綴じにされていた。題字の墨痕が達筆だった。古いものなのか、紙が安いのか、あるかなきかの小口がずいぶん黄色くなっている。

誌名は『壺天』と読めた。

「『コテン』ですか」

客は頷《うなず》いた。

「ええ。二十年ほど前、同人誌として何年か出ていたものです」

「はあ」

「甲野先生は、その同人のお世話をなさっていたそうです。処分されたのでなければ、もしかして、こちらでお引き取りになったうちに入っているのではと思うのですが」

甲野の蔵書は千冊や二千冊ではなかった。荷物として運んだだけで表紙もよく見ていなかった芳光は、

「さあ、どうでしたかね」

と生返事をする。

「ご記憶にありませんか」

「……ああ、いや」

切羽詰まったような客の声にあわれを覚えたわけでもないが、芳光は改めて、その題字を見た。それとなく差し出され手にも取る。紙は脆《もろ》くなっていて、下手に扱えば砕けてしまいそうな気さえした。

記憶にないかと問われれば、たしかに、憶《おぼ》えていた。下手に扱えば砕けそうだと昨日も思ったのだ。思い出してくれれば墨痕にも見覚えがある。ちらりと目を上げて、

「あったような気もしますね」

と伝えたそのとき、客が妙な顔をした。喜ぶのではなく、泣き笑いのようになったのだ。

それも束《つか》の間《ま》。すぐ、真顔に戻る。

「是非、買わせていただきたいのですが」

「はあ」

芳光は口ごもる。

「そりゃもちろんお売りします。ただ、昨日持ってきたばかりで、まだほとんど箱も開けてないんですよ。探しておきますから、また後で来てください」

「後でというと」

「そうですねえ。一週間もあれば、間に合うと思いますよ」

今度ははっきりと、客の表情が曇った。

「一週間ですか……」

「それでも出てくるとは、お約束できませんが。こっちの見間違いかもしれませんし」

少し考えるような間があった。こちらの様子を探りながら、おもむろに言う。

「実はわたし、その雑誌を探して松本から参りました」

「松本というと、長野県のですか」

「はい。仕事がありますので、明後日までしかいられないんです。何とか早く見つけていただけませんか」

「同人誌のために、わざわざいらしたんですか。いや失礼、でも、それは遠いところをたいへんでしたね」

　客を見たまま、芳光の手は机の中を探す。メモ帳と油性ボールペンを探し当てる。

「まあ、やってみますよ」

「しばらくお待ちしていたら、探していただけますか」

「今日？」

　芳光は手を振った。

「今日は無理です。見つかっても、値段をどうするか決められない。僕はただの店番でね、店主は仕入れに行ってるんです」

「お金なら用意してきました」

　芳光は少し渋面になった。

「そういうことは言わない方がいいですね。足元を見られますよ」

「ああ……」

客は曖昧《あいまい》に答えると、照れ隠しのように笑った。

「そうですね。でも、そう言われたら警戒してしまいます」

「いいんです。僕は吹っかけるつもりなんかないですから」

メモ用紙に、癖のある字で『壺天』と書きつける。

「『壺天』なら、ぜんぶ欲しいんですか」

「いいえ、違います」

ボールペンを持つ手を止め、上目遣いに見上げる。

「叶黒白《かのうこくびやく》という筆名で、短い小説が載った号があるはずです。必要なのは、その小説です。願いが叶《かな》うに、黒と白です」

「叶、黒白ね。号数とか、載った時期とかはわかりますか」

「いえ」

さっき客が見せた『壺天』には、昭和四十九年春号と書かれている。ということはまず季刊で、数が少ない。箱の中から探すのは骨だが、中身を確認するのは楽だろう。

「では、小説の題名は」

「はっきりした方がいいですか」

申し訳なさそうな口調を聞き流す。

「誌名と著者名がわかっていれば、まあ充分です。見つかったら連絡を入れましょうか」

「あ、はい。お願いします」

客はバッグを探り、ホテルの明細を出してきた。ビジネスホテルだった。電話番号と部屋番号を書き留める。

「わかりました。お名前は」

わずかにためらうような気配があった。溜《た》め息《いき》をつくように、客は名乗った。

「……北里可南子《きたざとかなこ》と申します」

その名前も書き取って、芳光はボールペンを置く。

「僕は菅生芳光です。もし何か連絡があるときは、うちに電話してください。『芳光がご用を聞いた北里さん』で、わかるようにしておきます」

よろしくお願いします、と、可南子は深く頭を下げる。芳光は最後に、

「憶え違いかもしれませんから、あんまり期待しないで待っててください」

と付け加えることを忘れなかった。

店主は仕入れだと言ったが、咄嗟《とっさ》についた嘘だった。

本当はパチンコ屋だ。芳光が世話になり始めてからでさえ、伯父の広一郎は目に見えて商売をする気をなくしている。週に三度は店を放《ほう》って遊びに出かけてしまう。

　広一郎は五十歳を超えている。まだそんな年でもないのに髪はほとんどが白い。芳光の記憶の中で広一郎は、小さな体に気力を漲《みなぎ》らせて目をぎらつかせていた。いま、その目からはしつこさが消えている。

　今日も午前中は甲野の蔵書を整理していたが、昼を食べると言って出かけたまま、戻らなかった。またパチンコに違いなかったが、閉店まで出っぱなしということは滅多にない。日が暮れる頃に帰ってきて、晩は家で食べる。簡素な夕食が片づいた頃合いに、芳光は『壺天』の束を差し出した。

　胡散臭《うさんくさ》げに一瞥《いちべつ》して、広一郎は煙草《たばこ》に火をつける。

「なんだ、それは」

「甲野さんの家から持ってきた分に入っていました」

「甲野先生の蔵書か。たしかにそんなのがあったな」

「昼間、これを探してるお客さんが来ました」

「それを？」

　ひとしきり吹かすと煙草を灰皿に差し、『壺天』を受け取る。慣れた手つきで、上の一冊の奥付を見る。すぐに興味をなくしたのが、見てわかった。

「ふん。まあ、うちで扱うようなもんじゃねえな」

　思い出したように付け加える。

「よく探したな」

「案外、簡単に見つかりました」

店を六時に閉めて、芳光は一人で段ボール箱の山に取り組んだ。箱詰めのときは手当たり次第につっこんだだけなので、どの箱にどんなものを入れたかはまったくわからない。軽く腰を曲げ伸ばししてから山に取りついて、ただひたすら本や雑誌を取り出し、戻す作業を繰り返す。十箱目で目当ての墨痕を引き当てた。

広一郎が訊く。

「それで、揃《そろ》いで買うって言ってたか」

「いえ。目当ての小説があるそうです。作家は『叶黒白』だそうで、四十八年の春号に載っていました」

「叶、黒白」

鸚鵡返《おうむがえ》しに呟《つぶや》くと、広一郎は不快そうに吐き捨てた。

「知らねえ名だな。取って付けたみてえだ。甲野先生の知り合いが書いたんなら、知ってそうなもんだがな」

「この雑誌、知ってるんですか」

「ああ」

大儀そうに頷くと、長くなった煙草の灰をとんと落として、一口吸う。

「『三田文学』や『早稲田文学』の真似《まね》だな。どこぞの駅弁大学が立ち上げて、それでも五年ぐらいは続いたか。あれは昭和四十五年だったか、時期もあんまり良くなかったが、なんと言っても名前が悪かった。文学をやろうってなら、『壺天』じゃあんまり享楽的だ。お前、壺中《こちゅう》の天《てん》って言葉は知ってるか」

「ええ、はい」

中国の故事に、壺《つぼ》の中に別天地があり、そこで遊ぶという話がある。壺中の天といえば桃源郷のようなもので、浮世離れした楽しみを意味している。

広一郎は、ふっと懐かしそうな目をした。

「甲野先生も巻き込まれて、ずいぶん苦労もあったらしい。いい思い出じゃないだろうに、いちいちとっておいたんだな。律儀な人だ」

「文学部の教授だったんですか」

「いや、経済学だった。だからうちも良くしてもらっていた」

菅生書店は、ふつうの小説やノンフィクションも置いている。しかしそれはふりの客に向けたもので、本当の強みは、経済学や社会学の学術書だ。芳光には書名も読めないような外国語文献が棚の一隅を占めている。値も張る。

煙草を揉《も》み消して、広一郎はふと芳光をまともに見た。

「お前、そのお客さんに見つかったことを知らせたか」

「まだです。見つかったら連絡をくれと言っていましたが、いちおう伯父さんに話してからにしようと思って」

「そうか」

ちらと時計に目をやって、

「今日はもう遅いな。明日、おれが戻るまでは連絡するな」

「どこか行くんですか」

「その客、甲野先生の本がここにあると知って来たんだろう。先に先生の家にまわってるな」

たしかに、可南子が菅生書店を知っていたのは、甲野家で聞いたからに違いない。

「そうでしょうね」

「あすこの息子も因業だったからな。後でねじ込まれても面倒だ」

「ああ……。なるほど」

可南子の熱心な話しぶりから察すると、甲野家は『壺天』が稀覯書《きこうしょ》だと思い込んでいるかもしれない。先に一言言っておかなければ、買い叩《たた》いたと文句が来るだろう。

「実際、高いんですか」

そう訊くと、広一郎は少し迷ったようだ。

「まず、欲張って千円ってとこだろう。客はどんなやつだ」

「若い女で、松本から来たそうです。東京には明後日までしかいられないと」

「松本から？」

難しい顔になった。

「そりゃ、何か個人的な思い入れで来てるな。友達か、まあまず身内だろう。金は持っていそうだったか」

芳光は可南子の姿を思い出した。金は持ってきていると言っていたが。

「別に、そんな感じもしませんでした」

「そうか」

広一郎は甲野家に電話をかけ、慇懃《いんぎん》に翌日の来意を伝えた。それから仲の良い同業者に電話して叶黒白という名前について訊いていたが、成果はなかったようだ。二人はしばらくは甲野の蔵書を整理していたが、広一郎が先に、十時前には床に就いた。

芳光が眠るには早い時間だ。

叶黒白の小説が載った『壺天』を手に、そっと家を出た。芳光は人並みに小説を読む。人並み程度なので、同人誌に載った無名作家の短篇《たんぺん》に興味はない。ただ、可南子に売れば二度と読めなくなると思うと貧乏性の虫が騒ぎ、コピーを取ることを思いついた。

武蔵野の冬は底冷えして、風も出ている夜だった。すぐ近くだからと何も羽織らずに外に出て、ひどく寒い思いをした。

バス通りを数分歩いてコンビニに入ると、夜を知らないような若い連中が、他愛《たわい》もないことで笑いあっている。彼らに背を向け、芳光は黙々と叶黒白の小説をコピーしていく。

小説は『奇蹟の娘』という題で、筆名と同じく、取って付けたようだった。ちらりと見たが、一人称で書かれているようだ。十頁ほどの短い話だったので、コピーするにも手間はない。古い紙を傷めないことにだけ神経を遣った。

手元にあればいつでも読める。そうなると、すぐ読もうという気にはならない。寒さを堪《こら》えて店に戻ると、コピーの束はなおざりに、枕元《まくらもと》に放りだしておいた。

翌日、芳光が起きると、朝の早い広一郎はもう仕事を始めていた。甲野の蔵書の値付けを進める手際は、さすがに笙子よりもはるかに速い。

十時になるとライトバンで出かけていく。甲野家では話がもつれたのか、店に電話が入ったのは案外遅く、十二時を過ぎてからだった。

『芳光か。例の「壺天」だがな、話がついた。お客さんに連絡してくれ』

「値段はどうします。やっぱり千円ですか」

『そうだな。おれはちょっと寄るところがあるから、店番は頼んだぞ』

電話の背後では、もうパチンコ屋の騒音が響いていた。

十二時過ぎではビジネスホテルは清掃中で、可南子は部屋にいないだろう。そう思いはするが、昨日のメモを見ながら番号を押していく。案の定、フロントは電話を部屋には繋《つな》がなかった。伝言は受け付けたと言われたが、清掃は三時までだというので、可南子が来るのは夕方になってからだと思っていた。

ところが可南子は、一時をまわってすぐに現れた。橙色のコートは昨日と同じもの。笙子がアルバイトに入っていて、芳光は店番を笙子に任せ、店の奥で握り飯の昼食を食べていた。

「芳光くん、お客さんです。昨日のことで電話を貰《もら》ったって」

食べかけの握り飯を皿に置き、ざっと手を洗って慌ただしく店に出ることになった。

頭を下げ下げ、率直に言う。

「こんなに早くいらっしゃるとは思いませんでした」

二度目の気安さからか、可南子の表情は昨日よりずいぶん柔らかい。笑みを浮かべて、

「伝言をうかがったら、いてもたってもいられなくて、時分時《じぶんどき》にお邪魔しました」

「店ですから、それはいいんですが。こちらこそすみません、店の者に連絡が不徹底で」

話のわからない笙子はほんの一瞬恨みがましい目をしたが、あとは知らぬふりでレジの奥から店内を見つめている。

「見つかりましたよ、叶黒白」

いったん引っ込み、昭和四十八年春号の『壺天』を持ってくる。両手で差し出すが、可南子はすぐには受け取ろうとしない。その表紙を見つめて、小さく溜め息を漏らす。

「お手数をおかけしました。昨日、あまり望みがないようなことをおっしゃっていましたから、これは見つけるのに時間がかかると覚悟していたんですが」

「箱が多かったですからね。昨日は本当に、一週間ぐらいはかかると思っていました。すぐ見つかったのは、単に好運でしたよ」

「いえ、そういうことではなく」

言いながら、『壺天』を受け取る。

「……ここで見つからなければ、次に巡り会えるのは何年後かなと思っていました」

受け渡される『壺天』に、やはり興味があるのか、笙子が横目を使っている。可南子はさっそく頁をめくり始めた。

「ああ、叶黒白。確かにありますね」

さすがに頬がほころんでいる。

「全巻を調べた訳じゃありません。それ以外の号にも、寄稿しているかもしれませんよ」

親切のつもりでそう教えたが、可南子はかぶりを振った。

「それは大丈夫です。『壺天』に送ったのはたぶん、この一篇だけです」

「そうですか。じゃあもう、探しませんよ」

「買わせていただきます。おいくらですか」

いそいそと財布を出す。少しぐらいふっかけても、迷わず買いそうだなと思った。

「千円、いただきます」

可南子は安いとも高いとも思わなかったようだ。千円札は笙子が受け取って、レジを打つ。レシートが渡され、それで売り買いは終わる。遠方からの奇妙な客ではあったが、これで菅生芳光と北里可南子の縁は終わりのはずだった。

ところが、可南子は紙袋に入った『壺天』を胸に抱え、いっこうに踵《きびす》を返そうとはしない。何かためらうように。

「……あの。何か？」

その一言が、とんと背中を押したようだ。思い切ったように可南子が目を上げる。

「実は、他にも欲しい本があるんです。こちらのお店では、そういうものを探す手伝いはしていただけますか」

話を振る相手を求めて、芳光は思わず笙子を見る。笙子は無表情で、ちらと視線をくれただけ。店主がいないことを口実にいったん帰ってもらおうかと思ったが、可南子は明日には東京を離れることを思い出す。仕方がなかった。

「あいにくですが、店主は今日も留守なんです。とりあえずは僕がお話を伺います」

レジの前で長話というのも落ち着かない話だ。芳光は可南子を、店から続く部屋へと案内する。込み入った話をする客を部屋に通すことは、これまでもままあったことだ。店へと続く戸は開けたままにしておいた。

部屋は六畳。煙草のやにと長年の埃で、壁といい天井といい、黒ずんだような黄ばんだような色になっている。畳は踏めば沈むよう。ただでさえ客を迎えるような部屋ではないのに、とどめとばかり、卓袱台《ちゃぶだい》の上には食べかけの握り飯が置いてある。さすがに芳光も赤面し、

「すぐ片づけますから」

と動きまわる。可南子は、座布団に座ることをそれとなく嫌がった。綿を濡《ぬ》らしたように平べったい座布団なので、まともな神経の持ち主なら当然だろう。

「お茶を出します」

「いえ、お構いなく」

「そうですか？　それはよかった。ひびの入った湯呑《ゆの》みしかないんです」

そのまま本題に入ることにする。メモ帳と油性ボールペンだけを用意する。

「それで、欲しい本というのは」

「はい……」

部屋が汚かったからというわけでもないだろうが、可南子は少し、後悔しているようだった。『壺天』を探したのが思い入れのためならば、他に欲しい本があるというのもやはりそのためなのだろう。思い入れを他人に話すのは、そんなに簡単なことではない。芳光は黙って待った。

可南子は、不意に、ふっと短く息を吐いた。それで決心を固めたのか、話し始めると言葉は明瞭《めいりよう》だった。

「欲しいのは叶黒白の小説全《すべ》てです。これを含めて、全部で五作あるはずです。ただ、わたしにわかったのは、そのうち一篇が『壺天』に載っているということだけでした。残りの四篇はどこに載ったのか、それともどこにも載らなかったのか、それもわからないんです」

「ははあ、なるほど」

適当な相槌《あいづち》を打ってから、芳光はぼそぼそと言った。

「つまり、日本の刊行物のどれかには載っている可能性がある、という話ですね。それはなかなか難しいですよ」

「わかっていますが、どうしても欲しいんです」

どうしてとは訊かず、芳光は顎を撫でる。

「お引き受けするかどうかは、店主が決めます。ただ、手がかりになりそうなことがあれば聞かせてもらえませんか。ちょっとした話でも助けになるかもしれません」

「手がかり、ですか」

「たとえば、残り四篇がいつごろ書かれたのか」

「……そうですね」

少し考えて、

「五篇はどれも、同じ時期に書かれたような気がします。五年とか十年とか、長い時間をかけて書かれたわけではないと思います」

ボールペンを動かす芳光の手が、ふと止まる。

「どうも妙ですね。ご存じなことと、そうでないことの区別がわかりません。どこに掲載されたかはわからないんですよね。それなのに、どうして短い期間に書かれたものだと？　そもそも、なぜ『壺天』だけはわかったんですか」

可南子の腿《もも》の上でこぶしが握られる。

言わないかなと思ったが、いったん切り出せば、可南子には覚悟があったようだ。迷う様子はなかった。

「最初からお話しした方が良かったですね。叶黒白は、本名を北里参吾《さんご》といいます」

「北里」

「わたしの父です」

芳光は納得し、また感心もしていた。伯父の予想は当たっていた。

「父は昨年、亡くなりました。五十を少し超えていて、癌《がん》でした」

「それはお気の毒でした。小説家でいらしたんですか」

「いいえ」

可南子の表情に、戸惑いの色が浮かぶ。

「そんな父ではありませんでした。地に足のついたことを好んで、創作や創造にはまるで無縁な人だったんです。小さな運送会社で営業をしていました。入院する少し前、部長になったお祝いをしました。休みの日には土いじりをするぐらいで、本当に無趣味で。そう思っていたんですが」

白いハンドバッグを開いて、古い便箋《びんせん》を取り出した。

「遺品を整理していましたら、こんな手紙が出てきました。甲野十蔵さんから、父に宛《あ》てた手紙です。送ってきた掌篇《しょうへん》は『壺天』に載せた。『壺天』も三年目だが、そろそろ立ちゆかない。間に合って良かった、と、そういうことが書いてありました。……おかしいと思いませんか」

「え」

いきなり尋ねられ言葉に詰まる。

「どこがですか」

「父は小説など書く人ではないと、わたしはそう思っていました。それなのにこの手紙には、『北里参吾が小説を書くなんて奇妙だ』というようなことは、まったく書かれていなかったんです。むしろ、いつか小説が届くのを待っていたようですらありました」

「……なるほど。確かに妙ですね。それで、探してみようと思ったんですか」

可南子は、やけに慎重に頷いた。

「この手紙を頼りに甲野さんのお宅を訪ねましたが、十蔵さんはもうお亡くなりになったと聞き、これは長くなると思っていました。ところがこちらで、たった一日で探していただき、本当に嬉《うれ》しかったんです」

「それは偶然です。いつもこう上手《うま》くいくとは限りませんよ」

「わたしが闇雲《やみくも》に探すよりは、よほど可能性があるでしょう」

「それはまあ、そうですけどね」

おそらく可南子は本を探したことがないのだろう。少なくとも、『壺天』のような数の少ない本を探すことに慣れてはいない。叶黒白の小説が欲しいのであれば、甲野十蔵が勤めた大学に当たる方法もあった。『壺天』を発行した大学に行けばバックナンバーは保存されていただろう。それに気づかなかったのだとすれば、たしかに誰かの手助けは必要そうだ。

「ですが……」

芳光の言葉が濁る。

「個人的には、お手伝いしたいと思うんですが」

仕事として受けるのはあくまで菅生書店であり、伯父の広一郎だ。かつてはいざ知らず、腑抜《ふぬ》けたようになってしまったいまの広一郎が受けるだろうか。昨日も『壺天』を「うちで扱うようなもんじゃねえな」と邪慳《じやけん》にしていた。

そうした芳光の逡巡《しゆんじゆん》を、どう受け止めたのか。可南子が少し声を落とす。

「もし探していただければ、お礼はもちろんお支払いします」

「ああ、はい」

「一篇につき十万円で、いかがでしょうか」

息を呑んだ。

十万円の本もないわけではない。菅生書店にもそのぐらいの値の全集はある。しかし一篇の小説としては相場を離れている。思い入れはあるのだろうが、いかにも高い。

「ずいぶんと出しますね」

可南子はわずかに、はにかんだ。

「一から探していただくわけですから。専門の調査会社に頼めば、これでは済まないと思います。そう考えれば」

「おっしゃることはわかります。でも、うちもそればかりにかかり切りにはなれませんよ」

「ええ。ですから、いつか見つかれば経費も含めて、ということでいかがでしょう。幸い、父が遺《のこ》してくれたものがあります。父のために使うのなら」

顎を撫で、低く唸《うな》る。

「それにしても、一篇十万ですか」

そんなには、店主も受け取らないでしょう。そう言いかけて、芳光は口を閉じる。胸の内で算盤《そろばん》を弾く。『壺天』は楽に見つかった。残りの四篇も、意外とあっさり見つけられるかもしれない。目を伏せた。

「わかりました。店主には、僕からよく言っておきます」

可南子がほっと息を吐く。

「お願いします。他に、お教えした方がいいことはありますか」

「そうですね」

これまでよりも、ずっと慎重に考える。

「あなたの連絡先は、もちろん必要ですね」

「はい」

「それと、もう一つ。あなたが『壺天』に辿《たど》り着いたのは、甲野家からの手紙を見つけたからです。ではどうして、全部で五篇だとわかったんですか」

「ああ。たしかに、お話ししていませんでした」

可南子は小さく頷いた。

「父が生涯で書いたのが、全部で五篇だったかどうかはわかりません。もっと書いたかもしれませんが、最低でも五篇、ということです。甲野さんからの手紙を見つけて、わたしは改めて、父の遺品を調べました。手紙のたぐいはほとんどが年賀状や時候の挨拶《あいさつ》で、他にはこれといって手がかりはなかったんですが。……書斎の天袋から、文箱《ふばこ》を見つけたんです。中には、原稿用紙が入っていました」

「それが小説だったんですか」

「ええ、まあ」

と、可南子は少し言い淀《よど》む。

「小説といえばそうなんですが、その断片でした」

「断片、ですか」

「父が『壺天』に送ったのは、リドルストーリーだったようです。ご存じですか、リドルストーリーって」

芳光は頷く。

「読者に委《ゆだ》ねて結末を書いていない小説のことですね。芥川龍之介《あくたがわりゅうのすけ》の『藪《やぶ》の中』のような」

「そうです。そして文箱の中に原稿用紙は五枚ありました。それぞれに書かれていたのは、たった一行です。小説の結末らしき一行が五つあったのです。そして、甲野さんからの手紙にはこうありました」

暗記するほど読み込んだのか、可南子はそれを諳《そら》んじた。

「『君の技術に難なしとはしないが、リドルストーリーの趣向は面白い。尤《もっと》も露悪的ではある。私は君の小説に結末を求めるが、たぶん君は一生涯、それを書きはすまい』」

わずかな沈黙の後で、

「わたしは父の物語の、結末を見つけたと思ったのです」

可南子が店を出ると、待ちかねたように笙子が声をかけてきた。

「面白そうじゃない。店長、やるかなあ」

「聞いていたのか」

笙子は肩をすくめた。

「盗み聞きするつもりじゃなかったのよ。聞こえたの」

聞かれたとわかり、迷いが生まれる。声を殺す。

「悪いが、このことは伯父さんには言わないでくれるかな」

「え」

驚いて声を上げたが、笙子はすぐに、芳光の思惑を察したようだ。人の悪い笑みを浮かべて、

「わかった。でも、わたしもお小遣いは欲しいから、手伝わせて。山分けとは言わないから」

もう一度心算する。

もし残りの四篇を速やかに見つけられたとして、四十万は大金ではあるが、充分な額とは言えない。何か別の仕事もしなければならない。可南子の依頼にだけ集中はできないとするなら、手伝ってくれる仲間は欲しいところだ。

「わかった。でも金が必要なんだ。二割で納得してくれないか」

笙子はこだわる様子もなく、それでいいわと頷いた。

2

奇蹟の娘

叶黒白

嘗《かつ》て欧州を旅行した折、ルーマニアのブラショフという街で、奇妙な話を聞いた。この世の塵埃《じんあい》から逃れ一切の苦悩を知らぬ、神に祝福された娘があると言う。そう熱を込めて語った女は、公平に記しても少々精神の均衡を欠いているやに思われた。最初は取るに足らぬ戯言《たわごと》と聞き捨てるつもりだったが、考えてみればいかに女が狂人でも、奇蹟と見紛《みまが》うなにがしかがないとも限らぬ。ならばと一日を割く気になった。

村はざっくり開けた土地に根づいており、水車小屋の壁に小銃弾によるとおぼしき穴が空いていることを除けば、これといって見るところもなかった。酒場に入ったが、客の呑んでいる酒がひどく不味《まず》そうな匂いを発していたので、何も頼まず奇蹟の娘のことを訊いてみた。ほとんどの客は私を胡散臭そうに見るだけだったが、一人だけ、赤ら顔の男が近寄ってきた。

「いいとも、案内します」

豆畑の間を抜けていくと、平べったくも図体《ずうたい》の大きな家があった。平原で大家族が住むため、ああした大きな家になるのだ。男がドアを叩くと、女が出てきた。私は驚きあきれた。他でもない、ブラショフで私に奇蹟の話をした女がそこに立っていて、曖昧な顔つきで笑っていたのだ。

「奇蹟を見たいってえ、旅の人だよ」

女は私のことなど、すっかり忘れてしまっていた。ろくに私の顔も見ず、ただ掌中の珠《たま》を誇ることしか頭にない様子で何度も何度も頷いた。

「ええ、ええ、どうぞ。あんたも祝福にあずかりますように」

手を引かれんばかりに家の奥へと通された。振り返ると、赤ら顔の男は不思議なほど厳粛な面持ちで、戸口にじっと立っていた。

十人、あるいはもっと多くの人数でも住めるだろう田舎家は、しかしやけにひっそりとしていた。石積みの廊下は薄汚れ、天井には蜘蛛《くも》の巣が張っていた。多少の不潔には目をつむるが、この家の汚れから連想されるのは住民たちの怠慢だった。明るいのは先を行く女の顔ばかり。広大無辺の神の恩寵《おんちょう》も、このような場所にひとしずくでももたらされているとは、到底信じがたい思いだった。

しかし、女がその前で足を止めたドアだけは、なるほど他とは様相を異にしていた。四隅を立派な金具で飾り立てられ、ノブは真鍮《しんちゅう》。明らかにこの女は、この荒れ果てた家の中でこの部屋だけを、特別に磨き上げていると見えた。

「さあ」

部屋は予想通りに整えられていた。窓が広く切ってあって、陽光があたたかく満ちていた。その光の筋だけが、この家で私を安堵《あんど》させるものだった。農村ではあまり見かけぬ、天蓋《てんがい》つきのベッドが据えられていた。寝具はさすがに純白とはいかず、鼠色《ねずみいろ》に変じている。一見して無人かと思われた。

「奇蹟というのは」

問うと、女の眉間《みけん》に深い皺《しわ》が刻まれた。耐え難い愚かさが神経に障る、という態《てい》であった。

「ご覧になっているでしょう。ベッドの上ですよ」

戸口で女の顔を見てより、私は既にこの茶番に飽きかけていたことを告白する。くだんの娘を一瞥して伏し拝み、適当なことを言って退散し、それで元の旅路へと立ち戻るつもりだった。ところがベッドに近づいて、そこに眠る娘を覗《のぞ》き込むと、我知らず、ほうという溜め息が漏れた。

奇蹟や恩寵は知らず、造形の神はたしかに恵みを与えたと思われた。人の心にあわれを呼び起こさずにはおかぬ、頭抜けて愛くるしい娘で、その寝顔を覗き込むことに私は罪悪感を覚えた。すぐに顔を背けたが、しかし、顔立ちがいかに整っていようとそれは奇蹟ではないと思い至った。

女を怒らせるだけのこと、敢《あ》えては言うまい。そう考え黙っている私に、女の方が言葉をかけてきた。

「いかがですか」

「よく眠っておられますね。あなたの娘ですか」

「ええ」

女は満足を表すと歩を運び、娘の髪を撫でた。

「神様のお慈悲で、この子はこの世の災いを、何一つ知らずにいられるのです」

「そう聞いています。しかし、つまりどういうことなのですか」

娘を撫でてさえいれば、女の精神は落ち着くのだろう。わずかに侮蔑《ぶべつ》を滲《にじ》ませただけで、こう言った。

「この子は眠り続けているのです。もう、ずっと。世の中はうんと悪くなりました。先の戦争では、どちらにいらっしゃいましたか」

「国に帰りそびれて、ドイツにおりました」

「この子の兄は二人とも死にました。それですら、それからのことに比べたら……。でも、この子は何も知りません。何一つ、醜いものを見ずにいられるのです。これが神様のお慈悲でなくて、何だというのでしょうか」

私は再び、眠る娘を見た。すると私にも、それが恩寵であるという気がしてきた。少なくとも、この娘が眠り続けているというのならば、娘のためではなくこの母のために、恩寵であるのだろうと思われた。

家を辞して再び豆畑の間を歩いていると、声をかけてくる者があった。

「旦那《だんな》」

見ると、私を案内してくれた赤ら顔の男が立っていた。わざわざ待っていたものらしい。まだしばらく畑は続いている。男は言った。

「どうです、娘を見ましたか」

「ああ」

「綺麗《きれい》だったでしょう」

あまりに深い情を込めて言うものだから、私は早合点をした。

「あれは、あんたの娘か」

「いや。父親は、あの家にいたはずですよ。大食らいでね。パンも肉も、人の倍は買っていくんです」

そうして口を閉じ、私の前を歩きながら、しかし歩みを緩めていく。何か言いたいことがあるのだろう。そう見当は付くが、こちらには用がない。ただ案内への礼のつもりで、水を向けた。

「それで、あの娘の評判はどうかね。恩寵の、奇蹟の子だって言われてるかね」

男は、へっと笑った。

「では」

「気の毒な娘だって思われてますよ。頭を打ってもう何年、まるで目を覚まさない哀れな子だって。そのせいで、あすこの母親まですっかりおかしくなっちまった、ってね」

さもあろう。

男の足取りはふらふらとして定まらない。酒の匂いもしないのに。

「じゃあ、旦那はどう思いなさる。奇蹟だと聞いてやって来て、奇蹟は見られましたかね」

「そうだな」

少し考えた。美しく眠る娘。その髪を撫でる母親の微笑。

「あるいは、見られたのかもしれない」

すると男は、声を上げて笑い出した。平原の彼方《かなた》まで響けとばかりに、男は遠慮なく笑った。それで私は、この男もまた正気ではないのかと気がついた。笑うだけ笑うと、男はふッと真顔に戻った。

「旦那。奇蹟は神の御業《みわざ》です。あまり口にするもんじゃない」

「済まなかった」

「だが、旦那の言うことはわかる。あすこの息子は二人とも死んだ。あたしの子供も、南の山ん中でみな死にました。罪もなく罰もなく、地上のことなど何も知らずに死んでいけるなら、そいつは確かに慈悲かもしれん。それが慈悲だと信じ込んで生きているなら、それも慈悲かもしれん。旦那、まったく、あんたの言う通りだ。あんたは見たのかもしれない」

　しかし男は、歩みを止めて振り返る。

「だけどね。そんなことは、許されるもんじゃない」

「許されないかね」

「そうだ。許されない」

　ぎらぎらとした目が不気味だった。この男は何でもやりかねないと思ったので、私は逆らわぬことにした。

「そうかもしれない」

「旦那。あたしはね、あの気の毒な母親に罪があるとは思ってやしません。罪深いのは、あの娘でさあ」

　男の考えは、私にはわからなかった。あの娘は奇蹟の子ではなかったかもしれない。しかしそれは、あの娘の罪ではない。それとも、あるいは。

「無垢《むく》なままでいられることが、罪だと思うのか」

「旦那」

男は今度こそ、私を心底さげすむように息を吐いた。

「そういうことじゃない。あの娘はとっくの昔に、すぐにも地獄に堕《お》ちないのが不思議なほど、罪にまみれていると言っているんです」

再び背を向けて、男は歩き出す。やはり、ふらふらとした足取りで。

その背中越しに、呟き声が聞こえてきた。

「そろそろ潮時でしょうな。旦那、今日はもう旅をやめて、この村にお泊まりなさい。あたしの言いたいことをお目にかけましょう」


宿で休んでいた私は、異様な雰囲気に目を覚ました。夜はまだ更けきってはいなかった。鎧戸《よろいど》を押し開けて見れば、暗闇に沈んだ畑の先に、月のものではない光が輝いていた。聞けば、火事だという。その方角が気になった。火はあの家の方で燃えていた。あの赤ら顔の男の言葉が思い出されたからだ。

彼方の火を頼りに道を駆けた。私の前にも後ろにも、村人たちがいた。彼らもまた駆けていた。手に鋤《すき》を持つ男もいたが、水を運ぶ者はいないようだった。

燃えているのはやはり、あの家だった。狂乱の声がひたすらに名を呼んでいるのが聞こえた。見れば、あの母親が喉《のど》を嗄《か》らして娘の名を叫んでいるのだった。娘への愛でかろうじて覆われていた狂気が、この火で顕《あらわ》れたのだ。その金切り声は私をゾッとさせた。いまにも火の中に躍り込んでいこうとする母親を押しとどめているのは、針金のごとく痩《や》せ細った男だった。これが父親とわかった。

　家は屋根まで火がまわり、もとより手のつけようもない。誰もがただ呆然《ぼうぜん》とその炎を眺めるより他に、出来ることは何もなかった。赤ら顔の男がよろよろと近づいてくることに私は気づいていた。今度は酒の匂いもした。

「やあ、旦那。来ましたね」

　男は笑っていた。

「これが、君の言いたかったことか」

「まあ、これがってわけじゃありません」

　そして、燃え上がる家を見上げる。

「よく燃えています」

　そこで初めて、母親が何のために叫んでいるのか気がついた。奇蹟の娘の姿がどこにもない。あの娘は、まだ家の中にいるのだ。私の表情に気づいたのか、男は笑みを引っ込めた。声高に問うこともできず、私は自分自身が罪人であるかのように声を潜めた。

「なら、あの娘を焼くことが、言いたかったことなのか」

「いえ」

男は目を落とした。私もそれに従って、彼が見ているものを見た。それは、まだ火がまわっていないドアだった。男は一心にそれを見つめていた。

「旦那。あたしが言いたいことは、あすこから出てきます。あたしは火には詳しいんでさ。中は、見た目ほど派手には燃えちゃあいません。まだ充分に間に合います」

「なるほど、すると君は」

彼はこう言っている。あの娘は逃げてくるだろう。

つまりあの娘は眠ってなどいない。

眠っていないから、あの娘はこの世の醜いことも、辛《つら》いことも見てきている。しかしそれでいて、眠ったふりをして、見ていないような顔をしている。

全て知っているのに、奇蹟の娘であり続けている。

遅鈍にも、私はようやく、男の言わんとすることがわかった。彼はそれをこそ、とっくに地獄に堕ちていても不思議ではない、あの娘の罪であると告発しているのだ。

彼の言葉は、いまやほとんど託宣のようであった。

「上っ面を剝《は》ぐには、火が一番です」

「命惜しさに出てくると」

「そりゃあ、そうです。上っ面が剝げれば、そうなります」

しかし私もまた、彼を断罪せずにはいられなかった。

「君は狂っている。君はただ、気の毒ではあるが恢復《かいふく》の見込みがないわけではない病人を、焼き殺しただけかもしれないんだぞ。本当にただ罪のない娘を焼いただけかもしれないと、そうは思わないのか」

男は首を振るだけで、もう何も言わなかった。

母親の金切り声は絶え間なく、ただひたすらに娘の名を呼んでいる。火勢はいよいよ激しさを増すが、あのドアだけはまだ無事でいる。

私は、ただ祈り、そのドアを見つめ続けていた。

（『壺天』昭和四十八年春号）

3

四日後、菅生書店に手紙が届いた。可南子からだった。

郵便受けにそれを見つけたのは広一郎で、宛名《あてな》は「菅生書店方　菅生芳光様」となっていた。可南子は店主の名前を知らないから、そう書いたのだろう。広一郎は、

「長野からだ。お前に何の用だ」

と首を捻ったが、それ以上の興味は示さなかった。

手紙は二重の封筒に入っていて、手ざわりのいい和紙風の便箋が三つ折りで入れられていた。開封したとき、ふっと何かが香った気がした。

可南子の文字は、流麗ではあったが小さかった。罫線《けいせん》と罫線の間に、肩身が狭いというように控えめに、文字が綴《つづ》られていた。ボールペンではない。黒インクで書かれていて、万年筆のようだった。

手紙は時候の挨拶に始まって、菅生書店が仕事を受けたことへの礼が書き連ねられている。続けて「ご連絡先を伺うことを失念しておりました。お便りを差し上げましたが、差し支えなければ電話番号をお教え願います」と書かれていた。店にかかってきた電話は、まず間違いなく芳光か笙子が取る。ただそれも絶対とは言えないので、芳光は策を

練ることを考えた。

そうした事々が便箋の一枚目に書かれていたが、二枚目からは少し、雰囲気が違っていた。

一度間を置いたのか、筆勢も違っているようだった。

ところで、お手間を取らせた『奇蹟の娘』、お読みになったでしょうか。味気ない文章を素人らしいと思うべきか、意外な熟練と思うべきか、わたしは少し戸惑っています。父が創作を成したと知ってはいても、やはり実物を読めば、本当に父が小説を書くことがあったのかと不思議の念は離れません。

父がヨーロッパ旅行に行ったことがあるのは、事実だと思います。遺品の中に、ヨーロッパの貨幣が幾つかありました。最も多かったのはスイスフランです。ただ、『奇蹟の娘』が純然たる創作であることは疑いありません。父が若かった頃、日本人が自由にルーマニアを旅行できたとは考えられないからです。あるいは父は、虚構性を保証するために舞台をルーマニアに設定したのでしょうか。本当にそのようなもくろみがあったのだとすれば、それもまた、わたしにとっては大いに意外なことです。

芳光様にお伝えしたとおり、わたしは父の物語の結末を所持しております。芳光様が興味をお持ちになるかもしれませんし、それになにより残りの四篇を探す一助にでもなればと思い、それを同封いたします。

かしこ

北里可南子

菅生芳光様

三枚目は便箋ではなく、コピー用紙だった。

原稿用紙をコピーしたもので、元はおそらく茶色だった罫線が黒く引かれている。

書かれている文字は肉筆で、字の感じは可南子とはまるで異なっている。決して上手くはない、しかし勢いのある文字が、原稿用紙の升目を大胆に無視していた。

可南子の言った通り、文は一行に収められていた。

――明け方に見つかった焼死体。それが、哀れな女の末路であった。――

第二章　転生の地

1

広一郎の留守を狙《ねら》うことは難しくない。アルバイトの笙子が帰り、広一郎がパチンコ屋から戻らない時間に、芳光は電話を使った。番号を押そうとして指が迷う。実家の電話番号を、芳光はほとんど忘れかけていた。

長い呼び出し音の後で、疲れた声がようやく電話に出た。

『はい。菅生でございます』

「母さん」

その一言で、息が詰まるような音が聞こえてくる。

『芳光か。あんた、電話もよこさずに……。心配したよ』

「伯父さんの電話なんだ。長距離電話はさすがに悪くて、なかなかかけられなかった。

ごめん」

『いいんだよ。お前が元気でいてくれさえしたら。広一郎さんの手伝いは、ちゃんとやってるんだろう？』

「あんまり大事なことは任せて貰《もら》えないけど、言われたことはやってるよ」

『そうかい。ならいいんだけどね』

ためらうような気配が伝わってくる。

『だけどね、いつまでも居候《いそうろう》ってわけにもいかないだろう。世の中がこんなでなければ、どうにでもなるんだろうけどね。嫌なことは言いたくないけど、そこで頑張ったってもうどうしようもないんだから、一度帰っておいでよ』

芳光は唾《つば》を呑《の》んだ。

「いや、母さん、それが違うんだ。何とかなりそうなんだよ。上手《うま》くすれば、もう伯父さんに世話にならずに済む。大学にだって戻れるかもしれない」

『何とかって、お金はどうするの』

「それが、何とかなりそうなんだ」

電話から聞こえる声が、切羽詰まったものへと変わる。

『芳光。あんた変なこと考えちゃ駄目だよ。賭《か》け事《ごと》も駄目だ。お父さんはどんなに困っても賭け事はしなかった』

芳光は笑った。

「大丈夫。そんなことはしない。きちんとした仕事だよ」

『それならいいけどね……。頼むよ。あんたまで変なことになったら』

「心配しなくていい。じゃあ、もう切るよ。伯父さんの電話だからね。今度はゆっくり話すよ」

返事を待たずに受話器を下ろす。

魂が抜けるような深い溜《た》め息《いき》が、自然と込み上げてくる。


父が書いたリドルストーリー。残り四篇《ぺん》の小説を探して欲しい。

可南子の依頼を、芳光は受けた。見つけた小説一篇につき十万円の約束で。受けておいて、広一郎には何も伝えなかった。

「それって、仕事を盗んだってことだよね」

ある日、笙子が楽しげに、そう言ってきた。

「そうなる」

「わたし、芳光くんがそういう人だとは思ってなかった。悪い意味じゃなくてね」

「悪いよ。伯父さんには本当に悪い。でも金がいるし、それにどっちにしても、伯父さんはこの仕事を引き受けなかったと思う」

「そうやって自分を納得させてるのね」

共犯者でありながら悪びれもせず、笙子は笑っていた。

芳光はすぐ、二つのことを始めた。

一つは、アルバイトの口を探すこと。菅生書店は六時で店を閉める。広一郎が店にいる日は、もっと早く閉めることもある。空いた時間に入れられるアルバイトを探し始めた。可南子が約束した報酬は破格だが、芳光にとって充分ではない。別口でもう少し、継続的に稼がなければならない。

バブルが弾《はじ》けたと言われ、空前の不況とも言われていた。それでも探せば、臨時雇いの働き口はいくつか見つかった。一番割がいいのは風俗街の求人だったが、芳光は数分だけ考え、それは最後の手段に取っておくことにした。とりあえず深夜営業をしている書店に目をつける。深夜勤務にしては時給は安いが、本の扱いであれば少しは経験がある。すぐに面接の予定を取りつけた。

そしてもう一つ、始めたこと。

広一郎はその日も、朝からパチンコに出かけていた。店のレジを笙子に任せ、芳光はひたすら段ボール箱を開けていく。甲野家から引き取った蔵書が詰まった箱だ。たいていは箱の中身を取り出し、そのまま戻す。穴を掘っては埋めるような作業を、笙子は横目でただ見ていた。

笙子のアルバイトは三時まで。時間が来てエプロンを外して、初めて訊《き》いてきた。

「何をしてるの」

芳光は顔を上げず、答えた。

「『壺天《こてん》』を探してる」

「ああ……。それで、出したのは戻してるのね。店長にばれないように」

開けた箱をきっちり詰め直し、傍らに置いていたノートを手に、芳光はレジに入る。笙子はすぐには帰らなかった。腕時計を見ると、カウンターに肘《ひじ》を乗せて声をひそめた。

「あの依頼。わたしも考えたんだけど、思ったより厄介ね」

芳光はちらりと、笙子を見た。数ヶ月間おなじ場所で働きながらお互い馴染《なじ》むことはなかったが、秘密を共有した途端、打ち解けた感じがする。

「残り四篇がどこにあるのか、可能性がいろいろあるでしょう。『壺天』みたいな同人誌に絞れれば探し方もあると思うけど、普通の小説誌に載ったかもしれない。誰かが個人的に持ってるだけなんてことも、ありそうよね」

レジの小銭を確かめながら、芳光は話を合わせる。

「ペンネームが一つだけとは限らない。『奇蹟の娘』は叶黒白《かのうこくびゃく》の名前で出して、他の作品は他の名前で出しているかも。それに『最後の一行』だけがあって、本篇は書かれていない可能性だってある」

「無いものを探すのは無理ね。気長に待つしかないのかな」

小さく笑い、笙子は「欲しい靴があったのに」と呟《つぶや》いた。

芳光はそれほど悠長に構える気はなかった。

レジカウンターは狭く、金を置くトレイとセロファンテープが場所をふさいでいる。何とか押しのけ、芳光は真新しいノートを広げた。人の名前がずらりと並んでいて、筆頭には甲野十蔵と記されている。

笙子が訊いてきた。

「これは？」

「『壺天』の編集者と寄稿者だよ。見つかった分に出ていた名前は全部拾った」

「全部。よくやるわね」

「たいした手間じゃない。これぐらいで感心されると、頼りないな」

「芳光くんの方が熱心みたいね」

広一郎に頼らない以上、芳光の味方はいまのところ笙子しかいない。声を励ます。

「北里参吾は『壺天』を世話した甲野十蔵と関係があった。他にも彼を知っている人が『壺天』の同人にいるかもしれない」

笙子は眉《まゆ》を寄せた。

「わかるわ。その人たちなら、他の小説のことも知ってるかもしれない。でも連絡先まではわからないでしょ」

「それを頼みたいんだ」

ノートを笙子に向ける。

「『壺天』は大学の文学部が出した雑誌だ。小説だけじゃなく、評論や時評も多かった。たぶんこの名前の何割かは研究者だ。叶黒白はペンネームだけど、他の寄稿者はだいたい本名らしい。名前で辿《たど》って、きみの大学の名前で接触できる相手がいないか調べてほしい」

「わたしが？」

「本当は自分でやりたいけど、僕には名乗る名前がない。『北里可南子の依頼を受けて参吾の小説を探している者です』じゃ、話が長いだろう。きみなら学生と名乗れる」

笙子は納得いかないようだ。

「依頼主は、他に心当たりがないの？」

「父親の昔のことは、あまり知らないらしい。遺品の整理は続いてるっていうから、何かわかれば連絡をくれるかもしれない。でも、僕たちも仕事で受けたことだ。連絡があるまで何もしないってわけにはいかない」

するとと笙子は、小さく笑った。

「そうね。わたしだって、親の昔の話なんて聞いたことない。わかった。やってみる」

成算はあった。『壺天』は、幅広い人脈から寄稿者を募ったとは思えない。狭い世界の中で作られた同人誌であれば、必ず誰かは北里参吾に繋《つな》がるだろう。ただ、笙子に渡したリストの名前は、数冊の『壺天』から抜き出したに過ぎない。レジや荷物運びの仕事の合間を縫い、あまり店にいない広一郎の目を盗み、芳光はリスト作りを続けた。

笙子は週に三日、菅生書店でアルバイトをする。

次の出勤のとき、笙子は「見つからなかった」と言い、芳光はリストの続きを渡した。その次の出勤のとき、笙子は「ゼミが忙しくてまだ調べてない」と言った。リストはさらに長くなっていたが、芳光はそれを渡さなかった。

その間に芳光は書店の面接を受けた。武蔵野の街中にあるブックスシトーというその店の店長は、口髭《くちひげ》を生やした四十絡みの男で、田口といった。面接は簡単に進んだ。

「君、本屋の経験はありますか」

「古本屋ですが、レジは打てます」

「はい」

「深夜勤務が中心になりますが、大丈夫ですか」

「週に四日、一年ぐらいの長期で勤めてくれる人を探しているんですが、大丈夫ですか」

「はい」

「では、いつから来られますか」

「明日からでも」

これだけのやりとりで芳光の採用が決まった。

アルバイトを増やしたことは広一郎に隠す理由もないので、その日の内に伝えたところ、広一郎は「そうか」と言ったきりだった。

進捗《しんちょく》が見られたのは、二月に入り、早咲きの梅がほころび始めた頃のことだった。

その日、菅生書店には広一郎も出ていた。見込みより時間がかかったが、甲野十蔵の蔵書の整理がついて、すぐ売れそうな本をまとめて特設の棚を作っていた。商売への熱意は冷めている広一郎だが、本を触らせれば年季の入った手際は水際立ったものだ。

広一郎の前では、可南子の依頼の話は出来ない。笙子は何度も芳光に目くばせしてきた。何かわかったらしいと気づいたが、話す機会はなかった。

三時になって帰り際、笙子は短く訊いてきた。

「今夜、時間はある？」

夜はブックスシトーで、零時過ぎまでシフトが入っている。そう伝えると笙子はあっさり、

「じゃあ一時には大丈夫ね」

と言った。話を聞いていた広一郎が少し不快そうな顔をした。

ブックスシトーでは、店長の田口が「君は仕事を覚えるのが早いし、本を扱う手も丁寧だね」と芳光を褒めた。閉店作業を終え、通用口から店を出ると、約束通り笙子が待っていた。菅生書店では見たことのないベージュのジャケットを着て、靴のヒールは高い。二月の夜はまだ寒く、笙子は「遅いわ。冬に待たせないで」と文句をつけた。

「よく行くバーがあるの。静かだから、そこで話しましょう」

案内されたバーは地下にあり、重い扉の向こうではひどく照明が落としてある。きらびやかな女が一人客にいるだけで、静かだった。並んでカウンターに座り、笙子はソルティドッグを、芳光はレッドアイを頼んだ。バーテンは酒の前に、何かのペーストを塗った薄切りのパンを置いた。

グラスが揃《そろ》うと、乾杯も雑談もなく本題を持ち出した。

「それで、進展は」

笙子は一枚の紙片をカウンターに置いた。暗い照明の下、「市橋尚造《いちはししょうぞう》　駒込大学教授」という名前が読み取れた。

「市橋……。確かに、見た名前だ」

「当たり前でしょ。あなたが『壺天』から拾った名前なんだから」

「どんなものを書いていたかは憶《おぼ》えてないな。面白そうな文章なら、読むこともあったんだけど。教授ってことは偉いんだろうね」

「偉いかどうかは知らないわ。国文学の教授で、専門は近世文学。名前に見覚えがあると思ったら、集中講義でうちの大学に来た人だった。何ていうか、狭い世界よね」

「受講したのか」

「うちのゼミで呼んだ人だから、義理でも出ないわけにいかなくて。宣長《のりなが》だったけど、あんまり興味ない分野だから、聞いてなかった」

芳光は手元のグラスを見つめる。レッドアイの深い赤の中を、細かい泡が上っていく。

「いい年なんだろうけど、そうは見えなかった。何だか脂ぎって、ずっとにこにこしてたけど、あれはいやらしいにやけ顔だったと思う」

「いやらしいというのは、金に汚そうという意味かな。だったら気をつけないと」

「あなたは気をつけなくてもいい方の、いやらしさよ」

そう笑い、ソルティドッグに口を付ける。それから笙子はふと真顔になった。

「でも、連絡して名乗ったら、名前を憶えていてくれたわ。集中講義先の学部生の名前をいちいち憶えているんだから、悪いことばっかりは言えないかな」

「それはそうだ」

「うちの教授なんか、いまだにわたしのこと、クメさんって呼ぶからね。……もっとも、それも下心だったりしてね」

笙子の笑顔は年相応に明るく、開けっぴろげだった。

グラスを置くのを待って、芳光が訊く。

「それで、叶黒白のことは知ってそうだったか」

「確認したわ。駒込大学まで来てくれるなら、会う時間は作るって。何日か候補を挙げてくれって言ってたよ」

「どこまで話してある？」

「叶黒白の小説を探してる人がいるってところまで。笑ってた。懐かしそう、だったのかな」

笙子は指でパンをつまむ。その指は少し荒れて、爪も短い。古本屋で働く以上、そうなるのは仕方がない。

「わかった。都合は先方に合わせられると伝えてくれないか」

空になったグラスを振って、笙子は返事に代えた。


面会は午後の早い時間に決まった。

その日は昼から数時間の休みが欲しいと願い出ると、広一郎はぶっきらぼうに、

「それじゃあその日は休みにするか。バイトの子にもそう言っておいてくれ」

と言った。あてつけのようにも聞こえたが、芳光は言葉少なに我《わ》が儘《まま》を詫《わ》びた。当日

になると広一郎は閉店の札を出し、朝から出かけていった。

服はスーツを着ていくことにした。大学の入学式のために父親が用意してくれたもので、その後はずっとハンガーに掛かったままだったが、最近、アルバイトの面接に着ていった。肘の内側についた皺《しわ》を取ろうと手の平で何度か伸ばすけれど、目立って良くなりはしなかった。

場所は市橋教授の研究室を指定された。武蔵野の菅生書店から駒込大学までは、電車と徒歩で一時間ほど。狭いキャンパスを鉄柵《てっさく》で囲っているが、古びた門は警備もされておらず、学内図を見るだけで誰にも見咎《みとが》められずに目当ての研究室まで辿り着く。ペンキの剝《は》がれた鉄のドアを叩《たた》くと、低く重い音が響いた。

ノックに応じた声は、「おう」と少し横柄だった。ドアを開けると、古書店に慣れた芳光も圧倒されるほどの密度で、本が床から天井まで積み上がっている。国文学の教授ということだったが、本棚の目につく場所では、和書も洋書も入り交じっている。

回転椅子に深く座り、よく日焼けした男が芳光を値踏みするような目で見ていた。髪には白いものが目立つが、眉は太く黒く、ぎろぎろとした目と相まってひどく精力的に見える。スラックスにはきっちり折り目がついていて、シャツも安いものではないだろう。

機嫌を損ねると何かと面倒な、下手に出た方がいい相手だ。芳光はそう判断した。

「市橋先生でいらっしゃいますか。今日はお時間を頂きまして、ありがとうございます。菅生芳光と申します」

その一言で、市橋は表情を緩める。

「きみか、北里君の文章を探しているというのは。まあ、かけなさい」

言われるまで、芳光はその部屋に客用の椅子があることに気づかなかった。棚に入りきらず床に積まれた本の合間に、驚くほど小さく背の低いテーブルと椅子のセットが詰め込まれている。体を押し込むように座り、背すじを伸ばす。

椅子は向かい合わせに二脚あったが、市橋は自分の回転椅子を離れようとはしない。腕時計を見て、

「次の講義の準備もある。三十分で頼みますよ」

と言った。

「ところで、久瀬君は一緒じゃなかったんですか」

「はい。ゼミがあるそうでして」

「そうですか。確かに熱心な学生には見えませんでしたがね。まあ、いい。それできみはどういう人ですか」

「書店に勤めています」

「ほう、出版社ですか」

「いえ。街の古書店です」

芳光を見る目が、露骨に胡散臭《うさんくさ》げなものに変わる。

「古本屋？　それが北里君のことを。そうですか……」

ふむ、と何かを納得したように頷《うなず》いている。

「北里君のことを調べる者がまだいましたか。しかもきみのような、若い者が。やっぱり、噂《うわさ》というのはなくならないものですね」

芳光は黙って、小さく頷いた。市橋は芳光を訝《いぶか》しく思う以上に、何かを言いたがっている。先に喋《しゃべ》らせることにした。

「北里君もいつまでも過去をほじくり返されるのでは、たまらないでしょうね。まあしかし、人は誰しもそうです。一度かぶった汚名はすすげないものです。しかしいまごろ、彼はどうしているかな」

声を落とし、市橋はいかにも深刻そうな様子をしている。しかし口元や目の動きに、どこか得意げな色が見えている。

「汚名ですか」

と鸚鵡返《おうむがえ》しで水を向けると、乗って来た。

「汚名でしたねえ。無罪とはいえ、面目は失した。いや、起訴されなかったのか。それでも人前には出られなくなりました。何年か経《た》って、昔の知り合いに偽名で小説を送ってきたと聞いています。きみが探しているのは、それでしょう」

「はい」

「それにしても、北里君のことを訊くのに私のところに来るというのは不思議ですね。久瀬君から詳しくは聞いていないんですが、そもそも私の名前を出したのは誰ですか」

芳光は鞄《かばん》から、『壺天』を取り出した。

「いえ、実は、北里さんが寄稿した雑誌に先生のお名前を見つけまして。そこから」

「これは」

「甲野十蔵先生がお世話をなさったとか、聞いています」

市橋は首をひねった。

「甲野先生の。そんなものもあったな。私は何も書いた憶えはありませんが……。いや、あの頃の義理で、何か寄せたこともあったかな。しかしそれだけで、私のところに来たんですか」

「先生が北里さんのことをご存じと聞きまして、それで是非にと」

そう答えるしかなかった。しかし市橋の表情は、覿面《てきめん》に曇った。芳光が何も知らないことを察し、余計なことを喋ったと気づいたのだろう。

「それほどよく知ってるわけじゃない。ちょっとした集まりでの繋がりがあっただけです」

口が堅くなった。じっと芳光を見る目は睨《にら》むようだ。

「だがきみは何ですか。北里君のことを調べているんじゃないんですか。探しているのは、彼の小説だけですか。言っておくが、北里君は作家ではない。小説といっても中身のない、愚にもつかん代物ですよ」

「行き違いがあったようで、お詫びします。僕が探しているのは小説だけで、それも欲しい人は別にいるんです。その人は地方に住んでいるので、僕が依頼を受けて探しています」

「誰だね、その欲しがっている人というのは。はっきり言いなさい」

可南子の許可なく名前を出していいものか、芳光は少し考えた。本来なら可南子に連絡すべきだろう。しかし、いま市橋の機嫌を損ねてはまずい。市橋は北里参吾のことをよく知っているらしい。

芳光は言った。

「北里参吾氏の娘さんで、可南子さんといいます」

不審そうな市橋の表情が、驚きに変わる。

「なに、娘」

「そうです。可南子さんによると、北里参吾氏は娘の可南子さんにも、小説を書いたことを隠していたそうです。北里氏は亡くなりました。可南子さんは遺品を整理しているうちに、父親が小説を書いていたことに気づいたと言っていました」

「亡くなった？　北里君が」

「はい。そう聞いています」

「どうして」

「癌《がん》だったと」

市橋は肩を落とし、そうか、死んだか、と呟いている。

しかしやがて、興味をありありと顔に出して訊いてきた。

「それで、北里君は最期に何か言ったんですか。言わなかったはずはないと思うが」

「すみません、僕は」

「ああ、きみはただのお使いでしたね。知るはずもないか。しかしそうか。長生きしたと言うべきかな」

話し方に余裕が戻ってくる。

「そういう事情なら、先に言ってくれれば良かったんです。余計な手間をかけずに済んだ。きみが探している小説は、『新紐帯《しんちゅうたい》』という雑誌に載っています。何年何月ということまでは忘れました。『ちゅうたい』といってもわからないかな」

「はい。紐《ひも》と帯《おび》ですね」

そう答えると、市橋は鼻を鳴らした。

「そうです」

「どこから出たものか、わかりますか」

「なにしろ灰色文献のようなものですから国会図書館にはないかもしれませんが、四谷図書館だったら残っているでしょう」

「ありがとうございます」

深々と頭を下げる。

そして、より下手に出るように話し方を変えてみる。

「あの……。それで、先生」

市橋は腕時計を見ている。

「何か」

「実は僕、何も聞かされていないんです。可南子さんのことも、可南子さんのお父さんのことも。先生のお話を聞いていて、その、不安になっちゃって。汚名ってどういうことなんですか」

殊更に哀れっぽさを強調してみる。上目遣いに市橋の表情をうかがう。

市橋は不愉快そうに眉をひそめながら、はっきり笑っていた。

「そんなことは、きみ、私の口からは言えませんよ。それに、調べればわかることです。自分で調べもしないで人に訊くのは怠け者のすることだ」

「はい、すみません」

「……しかしまあ、きみは私の学生ではありませんでしたね。いいでしょう」

勿体《もったい》をつける。じっと見ているその目は、芳光の反応を楽しもうとしているようだ。

「きみ、『アントワープの銃声』という言葉を聞いたことは？」

「いえ。なんですか、それは」

市橋はわざとらしい溜め息をついて、かぶりを振る。

「私らの世代では、みんな常識として知ってると思うんですがね。まあ、そういう時代ですかね」

「すみません」

「『アントワープの銃声』とは、ベルギーで起きた殺人事件の通称ですよ。一人の女が命を落としました。私も知っていますが、いい女でした」

にやけ顔で、市橋は言った。

「北里君はその容疑者です。私も学者の端くれですから、あまりいい加減なことを言うのは好きじゃありませんが……。黒か白かと印象を訊かれたら、いまでも、あまりいいことは言えませんねえ」

駒込から四谷に出るには、一度新宿に戻るしかない。四ツ谷駅で駅員に図書館の場所を尋ね、新宿駅から歩いた方が近かったと知った芳光は、休憩がてら公衆電話から笙子に電話をかけた。大学に行っていれば留守のはずだが、数回のコールで電話が繋がった。

市橋に会い、北里参吾の作品を見つけ出す目処《めど》が立ったと報告する。電話の向こうで笙子は『これで十万円か。うまい話よね』と笑っていた。

「まだ見つけたわけじゃない」

『でも、誌名と場所がわかったんでしょ。見つけたも同然よね』

「版元がわからないんだ。市橋が言わなかった」

戸惑う気配が伝わってくる。

『あの先生も素人じゃないんだから、そんなの言い落とさないと思うけど。知らなかったんじゃない？』

「どうかな。ごまかされた感じだった」

『版元だけごまかしたって意味ないじゃない。忘れてたのよ』

「そう言われれば、そんな気もしてきた」

笙子の声がどこか楽しげになる。

『それで、どうだった。ちょっといやらしい感じじゃなかった？』

テレホンカードの残り度数が減っていく。

「どうかな。こっちが街の古本屋だとわかったら、馬鹿にはされたみたいだった」

『ああ、いるいる』

「ただその分、下手に出ればいろいろ喋ってくれたよ。わかりやすい人で助かった、と言うべきかな」

そこまで言って、ふと思い出した。

「そうだ。知ってるかな、アントワープ……」

言いかけて口ごもる。

『えっ、よく聞こえなかった。アントワープがどうしたの』

「いや、アントワープって知ってるかな」

『ベルギーの街よね。行ったことはないけど』

「ああ、そうだった。ベルギーだったかな」

笙子はわずかに間を置いた。

『……何か聞いたの？』

「ちょっとね。テレホンカードが切れそうだ。とりあえず、手伝ってくれたお礼だけ言いたかった。じゃあ、いまから図書館に向かうよ」

受話器を置き、溜め息をつく。「アントワープの銃声」という言葉の意味は、まだわかっていない。笙子に話していいことなのか判断がつかなかった。

徒歩で辿り着いた四谷図書館で、『新紐帯』は造作なく見つかった。動きのきびきした図書館員が、検索データが出ているモニターを真剣に睨みながら教えてくれた。

「これは古いパンフレットですね。閉架資料です。禁帯出ですが、よかったですか」

「欲しいのは、『新紐帯』に掲載された記事一つだけです。全部で何冊ありますか」

「ええと、ここにあるのは二十二冊です」

「では全部お願いします」

図書館員は嫌な顔一つしなかった。はいと返事をすると、すぐにカウンターの奥に消える。

十分ほど時間を潰《つぶ》す。平日の昼間の図書館には、老人と子供連れの母親の姿ばかりが目立つ。目立って騒ぐ子供はいないが、館内は低いざわめきに満ちていて、静謐《せいひつ》からはほど遠い。

やがて戻った図書館員は二十二冊の『新紐帯』を全部重ねて、軽々と持ってきた。それは『壺天』よりもずっと薄い、パンフレットのような雑誌だった。

「どうぞ」

造本も良くない。『壺天』は題字が印象深く、それで体裁が整っていたが、『新紐帯』の題字はただの明朝体だ。表紙は白。一番上に見えているのは、七一年春号とある。季刊だったらしい。すぐに出版元を確認する。「新国文会」とあった。

席を借りて、目次だけをざっと見る。「新世代との共生を」や「この閉塞《へいそく》を打破するニューアカデミズム」、「同志との新たな連携　海を越えて」など、目次にも「新」ばかりが目立つ。紙の質も悪く、字組も読みづらい。

中身は読まなかった。机に『新紐帯』を積んで、ただ北里参吾の小説だけを探して目次を見ていく。ほどなく見つかった。七三年冬号に『転生の地』という題で載っていた。筆者は叶黒白。北里参吾が複数の筆名を使い分けていた可能性は低くなった。

閉館時間が近い。その場では読まず、コピーを取る。

使われている紙の質は『壺天』の方が上だったが、『新紐帯』は図書館にあった分、保存状態がよかったのだろう。紙はしっかりしていた。

小説は『奇蹟の娘』と同じく、数ページの掌篇《しょうへん》だった。可南子に送る際の体裁を考えて、掲載号の表紙と、叶黒白の名前が出ている目次もコピーしておいた。

臨時休業の札が下がった菅生書店に、裏口から入る。可南子に『転生の地』を送るため、封筒や便箋《びんせん》の準備をしていると、広一郎が戻って来た。

パチンコ屋から帰ってくる広一郎は、いつも、この世に面白いことなどもう一つもないというような顔をしている。負けが込んでいるのかもしれないが、常に負け続けているわけでもないはずだ。おそらく勝った日も、同じような顔で帰ってきているのだろう。

広一郎は、芳光が何をしているのかほとんど気にしない。居候を始めた最初の数ヶ月はそうでもなかったのだが、時を追うごとに、芳光にかける言葉は減っていった。邪魔にされているわけではないとわかるが、ときどき沈黙が重い。

今日もそうだろうと思い込んで、それが油断になった。『新紐帯』のコピーを卓袱台《ちゃぶだい》に置いたままにしていた。かつてのような熱意は消え失《う》せた広一郎だが、活字に対する嗅覚《きゅうかく》は残っている。

「『新紐帯』……。珍しいものがあるな」

落ち窪《くぼ》んだ目が芳光を見据える。

「おめえのか」

「違います」

言葉は咄嗟《とっさ》に出た。

「久瀬さんの忘れ物です」

広一郎は深く追及しなかった。

「そうか。変わったことをしてるんだな」

ぼそりと言うが、コピーの束を手に取ることはない。幸い束の一番上は表紙のコピーで、叶黒白の名前は見えない。

「汚しちゃまずいですね」

と呟いて、芳光はそれを卓袱台から除《の》けた。

急場を凌《しの》ぐと、疑問が湧《わ》いてくる。

「なんですか、これ」

「うん?」

広一郎は、折った座布団を枕《まくら》代わりに畳に寝そべる。いまのやりとりも忘れたようだ。

「これってなんだ」

「あの、『新紐帯』です」

「ああ……」

面倒そうにあくびをする。手が畳の上を撫《な》でていく。テレビのリモコンを探しているのだとわかり、芳光はそれを渡した。

テレビをつけると、広一郎はおもむろに話し始めた。

「昔な。大学の先生がずいぶんいじめられたことがあった。学部長ぐらいの偉い先生を無理に講堂なんかに押し込んでな、学生連中が何百人も集まって、やいのやいのと騒いだ。胃が痛いって話をよく聞いた」

また畳の上に手を伸ばしている。今度は煙草と灰皿だろう。芳光はそれも差し出す。

「もう少し若い学者連中の中には、震え上がったやつもいた。いつ矛先がこっちに向くかわからん。学生連中に理解のある学者のふりをして、ほっかむりしようって考えたやつがいた」

広一郎の口の端に、笑みのような皺が刻まれる。

「そいつらが作ったのが、『新紐帯』だ。新国文会に『新紐帯』、新の字の安売りだ。おれもいろんな本を見てきたが、厄除《やくよ》けに作られた雑誌ってのは、そんなに沢山はなかったな。さて、験《げん》があったかどうか……」

寝そべったまま、広一郎は煙草に火をつける。

市橋教授の顔を思い出す。市橋は北里参吾との関係を、「ちょっとした集まりでの繋がり」と誤魔化した。『新紐帯』の出版元も言わなかった。

もしかしたら市橋は、新国文会という名前を口にもしたくなかったのかもしれない。

2 転生の地

叶黒白

嘗《かっ》て南アジアを旅行した折、インドのジャーンスィーという街で、奇妙な話を聞いた。この世を離れたとしても、人として転生すると約束された地がある。その地で前代未聞の事件が起こり、裁判が開かれるという。転生などてんから信じておらぬ。馬鹿馬鹿しい限りとは思ったが、かかるあやしげな地での裁判とはいかなるものか、法学的にまた人類学的に、興味深いように思われた。それでも移動の手がなければ歩いてまでとは思わなかったが、幸い、とある教養に富んだ男の自動車に同乗することが叶《かな》った。

道行きはそれでも困難であった。泥濘《でいねい》の中を這《は》うように、自動車はくだんの地へと進んでいった。運転手君の苦労は一通りではなかったと思うが、時間がある分、私は裁判についての知識を得ることが出来た。

「再び人に生まれるためには、人の体が必要と信じられています」

男の話し方は、教壇の上からのそれだった。微《かす》かな不快を感じなかったわけではないが、移動の恩にも鑑《かんが》み、私は彼の生徒となることを内心で承知した。

「この世は所詮《しょせん》、濁世《じょくせ》です。かの地でも人を殺すことは罪ですが、それはただ、殺されるのを防ぐための実際的な処置に過ぎません。人が人を殺した場合、殺人者は命を奪われ、もって償いとされます」

「それは常に死罪ということですか」

「ええ。常にそれだけです」

男は微笑《ほほえ》みさえ浮かべてそう言った。私はこうした蛮習には馴染めぬ。

「慈悲深いものです。罰はただ首を切り落とすのみと定められていて、苦しみは一瞬です。最も悪辣《あくらつ》な人殺しも、やむにやまれぬ哀れな実行者も、等しく首を落とされるだけです。それはつまり、濁世から人を解き放つことは罪ではあっても、大罪ではないと思われているからなのです」

閉口し、話の先を促す。

「なるほど。ところで今回の裁判ですが」

「慌ててはいけません。ここからが大事なところです。再び人に生まれるためには、人の体が必要です。それゆえ、かの地では人の体を損なうことはもっとも罪深いとされています」

「怪我《けが》を負わせる方が、人殺しよりも罪が重いと」

ほんの短い間ではあったが、男は明らかに、私を嘲《あざけ》った。

「いいえ。怪我は治るでしょう。あるいは体が欠けることがあったとしても、それも一つの運命であり、カルマが与えた罰です。私が言っている罪というのは、もちろん、死体を損なうことを言うのです。死体を傷つけてはいけません。かの地に於《お》いてもっとも重い罪は死体を焼くことです。次に重いのは、死体から血を抜くことです。首を落としたり心臓を突いたりすれば、罰もまた重いものになります。生きている人間を焼くことより、死んだ人間を焼くことは幾層倍も罪深い。死罪は首を切って執り行われますが、死人の首を切ってはならないのです」

その法の原則が応報にあると知った私は、重罰の見当は付いたと思った。

「なるほど。そういう場合、罪人の体が同じように損なわれるのですか」

しかし男は、苛立《いらだ》ちに顔を歪《ゆが》めた。私は彼にとって良い生徒ではないようだが、どうやら彼もまた良い教師ではないのだろう。

「違います。それでは罪人が転生できぬでしょう。罪人は罪人だが、転生される魂に罪はない。かの地ではそう考えます。そうではなくて、贖《あがな》いに捧《ささ》げられる命の数が増えるのです。死体を傷つけた場合、彼と彼の家族が死罪となります。血を抜いた場合は彼の親と妻と子が、焼いた場合はさらに兄弟とその妻と子も死罪となります。親族の処刑を罪人に全《すべ》て見せた後、最後に彼自身の首を切るのです」

「ああ、それは重い罰ですね」

「今生《こんじょう》においては、確かに重い罰になります」

あまりの酸鼻に私は嫌悪を禁じ得なかった。しかしこれでおおよそ、見聞する裁判の争点がわかった。裁判は殺人について争われると聞いていた。

男は言った。

「今回の争いは、非常に微妙なものです。男は敵を刺したことを認めています。しかし彼の敵は谷底で見つかりました。落ちれば命はない、深い谷です。男は頭をひどく打っていましたが、首が落ちているわけではありませんでした。

おわかりになりますね。男が敵の心臓を突き、その後に敵が谷底に落ちたのであれば、男は殺人者です。彼は命で罪を償うでしょう。しかし敵が谷に落ちて死に、その後に心臓を突いたのであれば、彼は死体損壊者です。彼の家族もまた、命を奪われるでしょう」

頷きながら、私は己の行動を悔い始めていた。その裁判の見聞が、果たしてこのつらい旅に充分報いるものであるかどうか、いささか疑問を覚えたのだ。親切心から私を自動車に乗せ、教育を与えてくれた男を失望させたくはなかったので、顔には出さぬよう神経を遣った。

それとは別に、私にはどうしても腑《ふ》に落ちぬ事があった。

「質問を許していただけますか」

「私で答えられることであれば、何なりと」

「では。私にはどうも、かの地の風習は矛盾しているように思われるのです」

男は、物を知らぬ学生を許す笑みで、先を促した。

「かの地では、他人の命を奪うことは倫理的大罪ではないと聞きました。濁世からの解放は恐るべき事ではない、ということだったようです」

「その通り。正しい理解です」

「一方、死体を損なう者は重く罰せられると聞きました。他人の転生を妨げることは許されぬと、そういうことだったようです」

「そうです」

「私の理解が及んでいないことをお詫びします。転生を妨げてはならないということは、死者がこの世に再び生まれることは望まれているということだと、私には思われます。一方で、この世は濁世であり、そこから離れることは悪いことではないと思われているようです。お教え願いたい。かの地では、生は良いことなのですか、悪いことなのですか」

道はいよいよ悪く、自動車は時化《しけ》を行く船のように揺れた。男は私の質問に感心しなかった。むしろ愚かさを嘆くように首を振り、こう言った。

「それは矛盾《アンビバレンツ》ではありません。どちらでもあるのです。その質問に答えることはたやすいですが、おそらくあなたはその回答を理解できないでしょう」
旅を悔いる気持ちは、強まる一方であった。

裁判は村の中央にある広場で行われた。井戸や市や、その他広場を作り上げそうな中心的存在は見あたらず、つまりこの広場は、裁判のために設けられたもののようだった。村の人口がどれほどであったかはわからぬ。ただ、狭いとは思わなかった広場は、人の群れで満たされた。丸太を組んで作られた台の上に三人の年長者が座っていた。おそらくはあれが裁判官で、判決は合議制だと思われた。村人の異様な熱気は、この地における裁判の特徴をよく示していた。裁判は公開裁判であり、かつおそらくは娯楽なのだ。多くの場合、娯楽は神聖性を帯びる。そして裁判も本質的に、神聖という概念とはよく馴染むものだ。

裁判の手続きに見るべきものはなかった。冷徹な合理性も蛮風を残す偶然性も見あたらなかった。裁判は主に証言によって進むものらしい。検察官も弁護人もおらず、ただ裁判官が証言者を募る形で裁判は進んでいった。
証言の詳細は不明である。裁判は英語では行われなかったからだ。私を自動車に乗せてくれた男は、親切にも通訳までしてくれた。だがそれは部分的なもので、全てを把握するにはほど遠い。

とはいえ、旅が完全に無駄というわけではなかった。

裁判官と証言者、そして被告。この被告は、どういう形にせよ殺人者であることは間違いない。それは本人も認めている。後は家族と共に死ぬか己一人で死ぬかの差に過ぎぬ。しかし彼からは恐怖が窺《うかが》えない。

「彼は、敵を葬ったことは正しく、やむを得ないことだったと供述しました」

男はそう通訳してくれた。

私はああいう態度を、過去に一度見たことがある。彼は思想警察の警察官だった。自分が捕らえた相手が生きて戻ることはないと知っていた。それでいて、敵を葬ることは正しいと超然として、恐れはしなかったのだ。その警察官の態度と、眼前の被告の態度は同じものであった。

しかしその警察官と、壇上の被告は決定的に違っている。私の知る警察官は、昨日までの同僚に腕を引かれて思想警察へと連行される時、その態度を失った。これは間違いであると叫び、その叫びこそが体制批判の証拠であるとされた。眼前の被告は死を前に、未《いま》だ超然としている。

「転生の約束が彼を支えているのです」

男の言葉を、私は受け入れざるを得なかった。あの被告を見ることが出来ただけで、悪路の旅は報われた。

それに引き替えると、被告の家族は常識的な反応を示していた。妻、幼い娘。この二人が被告の家族だった。幼い娘は明らかに、状況を理解していなかった。

そして妻は、我が子を抱きしめ、喉《のど》も張り裂けよとばかりに叫び続けていた。子の助命を願っているに違いない。それは即《すなわ》ち、被告は生きている敵を刺したと主張することでもある。そうであれば、被告は一人で首を刎《は》ねられる。彼女は娘だけでなく、自分の命も救うことになる。率直に記せば、運命を受け入れきった被告だけでは裁判らしさには欠ける。隣に泣き叫ぶ女が配置されたことで、ようやく平仄《ひょうそく》が合うのだ。

そうして私は、傍観者として奇妙な安心感を得た。が、それは長くは続かなかった。

女の叫びに目を奪われた。女はしばしば、手刀で自分の首を触った。私はそれを、自分の首を切らないでくれという意味だと解釈していた。しかしあまりに何度もそうするので、私の胸には異常な疑問が生まれたのだ。

この地では転生が約束される。男がそれ故に死を恐れていないとすれば、女はどうなのか。子にどうあれかしと思っているのか。この地を訪れるまで、思いもしなかった考えが取り憑《つ》いた。あるいはあの女は、こう願っているのではないのか。——どうか、わたしもこの子も一緒に連れて行ってください。転生すれば、また共に暮らせるかもしれないのですから。

そんなことがあるだろうか。叫び声は英語ではない。私には片言隻句《へんげんせっく》も解し得ぬ。もしそうだとしたらあまりに恐ろしいことだ。女の言葉を通訳してくれと願い出ることが出来なかった。

男はなおも親切だった。

「証人はみな、被告と敵との関係を述べ立てています。恐ろしい因縁があった、と。ある者は、あれほどの憎悪であれば、敵の転生さえ許すまいとして死体の心臓を突くこともあっただろうと証言しました。しかし判断を下すのは裁判官です」

何度目だろうか。裁判官が手を挙げて、何事かを訴える。言葉の意味はわからないが、何かを知る者があれば証言せよと言っているらしい。

これまではそれに応じて、誰かが壇に上がっていた。しかし今度は動きがない。女の叫び声が高くなる。裁判は彼女の願いに対して不利に進んでいることがわかる。わからないのは、その願い。助命を願っているのか、その逆なのか？

場を去るべき時だった。判決が下れば、おそらくそのまま刑が執行される。曲刀を持った男が控えているのは、そういう意味だ。裁判には興味があるが、処刑にも、迷信にも興味はない。

村人たちは違うらしい。彼らの昂奮《こうふん》は刻一刻と熱を帯びていく。三人の裁判官が椅子を立った。これで終わりかと思われた。

しかし、突然、英語の叫び声が上がった。

「お待ちください。私が証言します」

　私と、私を乗せてくれた男の他に、余所者《よそもの》がいるとは思わなかった。

　証言者はまだ若く、風体からして旅行者だろう。このような奥地まで旅行とは、底知れぬ物好きと言わざるを得ない。証言者は壇に駆け上がると、私が解せぬ言葉で捲《まく》し立てた。

「彼は何ですか」

　そう問うて隣を見ると、男は思わぬ成り行きを楽しんでいるようだった。

「彼は……。目撃者だと言っています。転生を望んでこの地に来た、来世に賭けて真実を告げる、と。しかし旅行者が証言を許されるのか不安でこれまで黙っていた、臆病《おくびょう》を許してもらえるかと言っています」

「目撃者」

「決定的です。彼は見ていたそうです。ああ、証言が許されました」

　三人の裁判官は、一度立った椅子へと戻る。

　旅行者は胸を押さえる。宣誓の姿勢に似ているが、これまでそのようなことをした証言者はいなかった。彼は動悸《どうき》を抑えているのだ。

　村人たちの昂奮は静まってはいない。しかし、しわぶき一つ発する者はいない。

深呼吸を一つ、二つ。そして証言者は語り出す。わからぬ言葉で。

途中、裁判官たちが目を瞠《みは》る。

被告の妻が嗚咽《おえつ》する。

そして最後には、あろうことか、これまで身じろぎ一つしなかった被告までもが顔を覆って叫び声を上げた。それが合図であったように、広場は一瞬にして、狂乱に包まれる。曲刀を持った執行人が、ずいと一歩歩み出る。

私は、男を捜した。彼に通訳を頼まねばならなかった。男もまた、狂乱に乗じていた。何事かを叫び、両手を突き上げていた。

その腕にしがみつき、私は叫ぶ。

「何ですか、彼はいったい、何を言ったんですか」

男は教えてくれた。この地の言葉で。

「英語で言ってください、英語で」

曲刀が日の光に煌《きら》めく。誰が切られようとしているのか、飛び跳ねる村人たちに妨げられ、よく見えぬ。

ようやくのこと、男が英語を取り戻したのは、いよいよ罰が下されんとする瞬間のことであった。

（『新紐帯』一九七三年冬号）

3

『転生の地』を送るにあたり、芳光は簡単な手紙を附《ふ》した。時候の挨拶《あいさつ》もたどたどしく、書いていて自分でいやになるほどの悪筆だった。伝えたいことは一つ、「返信無用」ということだけ。依頼の小説を送れば、可南子はたぶん礼の手紙を送ってくるだろう。その手紙のために、仕事を盗んだことが伯父にばれてはまずい。そう思い、「後日電話で連絡さしあげますのでお手紙などはお送りくださらないようお願いいたします」と記して送った。

それだけに、広一郎から手紙を渡されたときは、驚いたというよりも腹が立った。

「おめえに、また手紙だ」

掌篇を送った五日後のことだった。

封筒は薄紫の和紙で出来ていて、宛名《あてな》の文字に見覚えがあった。送るなと書いたのに、可南子はやはり送ってきたのだ。ただ、幸い、広一郎は甥《おい》に届いた手紙になどまるで関心を払っていない。自分が勝手に怯《おび》えているだけなのだと思うと、居候の境遇にしがみついているみじめさが今更ながらにこみ上げる。

可南子の文に目を移す。

文字の達者さは前にもらった手紙と変わりなかったが、気のせいか、自信なさげに縮こまっていた文字がやや大きく、闊達《かったつ》に書かれているようだった。「数ヶ月、あるいは数年かかるやもと覚悟しておりましたのに、これほど早く第二の小説を見つけ出していただけるとは驚きました。本当にありがとうございます。やはり貴店にご依頼してよかったと心から喜んでおります」。格式張ってはいるが、あたたかな言葉が連なっている。

便箋の一枚目は丁寧な礼状に終始していた。ところが二枚目に入ると、先の手紙でもそうだったように、少し趣が変わってきた。最初の行にこうあった。「ところで、ご無用とのお断りをいただきましたのにこうしてお手紙差し上げたのは、急な進展があったからです。ご迷惑になりましたらすみません」。丁寧に読んでいると、二枚目から本題が始まるよう、字数が調整されていることが察せられた。

父の遺品を整理していることは先にお伝えしたと思います。実は、年賀状の中に一通、有望なものを見つけておりました。

年賀状に書かれた住所を手がかりに先方に連絡を取ろうとしておりましたが、上手くいきませんでした。なにぶん十年近く前の住所ですから、引っ越されているかもしれないと期待はしていませんでした。

ところが先日、返信がありました。埼玉県の朝霞《あさか》市に、どうやら父の小説があるようなのです。わたしとしてはもちろん嬉《うれ》しいのですが、探索をお願いしている菅生書店さんには申し訳なく思います。

　来週の木曜日に、先方とお会いして父の小説を受け取ります。そこでお尋ねしたいのですが、その場に立ち会いたいとお思いになるでしょうか。残る二篇を探すのにお役に立つかもしれませんので、念のためご連絡さしあげます。

　ところでお送りいただいた『転生の地』ですが、やはり不思議です。これを父が書いたということに、まるで納得がいきません。いくつか感想もありますが、お会いできるならそのときにお伝えできればと思います。さしあたり結末をお送りいたします。


　その文面をじっと見つめる。

　芳光としてはもちろん残念なことである。稼ぎ口が減ったのだから。しかし、北里参吾の小説の探索は、もともと可南子個人の問題だ。残りの三篇がぜんぶ可南子の家の天井裏から出てきてもおかしくはない。別口で発見したところで、可南子が芳光に対して悪いことなど何もない。

　それをわざわざ連絡してきた上に、その場に立ち会わないかと申し出てきている。それは気遣いなのだろう。関係者である芳光を無視はしない、そういうパフォーマンスだ。

その丁寧さがかえって気にかかる。

最初に受け取った手紙と同じく、最後の一枚はコピー用紙だった。乱れた字が、原稿用紙に書き殴られている。これも一行。

――そして幼な子までが命を奪われる。私はただ、瞑目《めいもく》するしかなかった。――

第三章　小碑伝来

1

　その日、菅生書店には本を売りたい客が予約を入れていた。既に老齢に入っているが矍鑠《かくしやく》とした客で、常連だった。

　大事な客の相手は、さすがに店主が務める。広一郎は朝からテレビばかりを見ており、一時をまわって客が来た。本の量は紙袋三つ分と少なかったが、価値のある本が入っていたようで、買い取り額はかなりのものになる。それで一日の仕事は済んだというように、広一郎はふらりと店を出て行った。

　それを待って、芳光は笙子に手紙を見せた。流麗な字で綴《つづ》られた可南子からの手紙。一読して、笙子は首を傾《かし》げた。

「連絡をくれるのは当たり前かもしれないけど、ちょっと丁寧すぎる感じがする」

広一郎は仕事を残していった。紙が脆《もろ》くなった本にフィルムをかけていく。話しながらも笙子の手は動き続けている。

「ふつうに考えると、口実なんだけど」

「口実？」

「一人じゃ不安だから一緒に来て、っていうんだったら、口実でしょ」

セロファンテープをロールから引っ張り出す、びっ、という音がどこか心地いい。

「会いたいって意味よ」

笙子は芳光の顔を見ると、意地悪く笑った。

「でもまあ、そんなことはないか」

愛想程度に笑って、芳光はあくびをかみ殺す。昨日もブックスシトーで、日付が変わるまでアルバイトをしていた。

「でなかったら、こっちの機嫌を損ねたくないんでしょ。何しろ一篇《ぺん》は見つけてるんだから。わたしたちを使えると思ったから、大事にしてくれてるんだと思う」

「そうだろうな。そう思えば、悪い気はしない」

一冊の包装が済んで、笙子は次の本に手を伸ばす。大判の本で、既製サイズのフィルムでは包みきれない。まずフィルム同士を繋《つな》ぎ合わせていく。

芳光も作業をしている。本の表面に付いた汚れを消しゴムで落としている。力を入れすぎれば紙が傷むが、難しい仕事ではない。

「悪い気はしないが、損はしたな」

「損？　ああ……」

笙子は笑った。

「報酬はもらえないね」

「何かアドバイスをした結果なら、少しはもらえたかもしれないけどな。依頼主が自分で見つけたものじゃ仕方ない。十万は諦《あきら》めるか」

消しゴムを動かしながら芳光が言うと、笙子は少し眉《まゆ》を寄せた。

「わたしは小遣いが欲しいだけなんだけど、芳光くんは違うみたいね。お金が欲しいの？」

「欲しいね」

「ごめん、言い方が悪かった。何か理由があって必要なのかなって言いたかった」

「『欲しい靴がある』というのも、立派な理由だよ」

「旅行に行きたい、とか」

芳光は手を止めた。

「何で旅行だと？」

「いや、なんとなく……」

首を傾げて、

「芳光くんって、ちょっとボヘミアンな感じがするから。ここで普通に仕事してても、何だか仮住まいしてるみたい。貧乏旅行とか、登山とか、そういうのが好きそうだって気がしたんだけど、違ったかな」

苦笑して、芳光はまた消しゴムを動かし始める。

「そんなふうに見られていたとは思わなかったな。旅行も登山もしたことはないよ」

「違ってた？　ごめんね」

「もっと単純な理由でね。金を貯《た》めて学費を払って、また大学に戻りたい。運よく入れたんだけど、あいにく実家の金が続かなくってね。休学してるんだ。奨学金を勘定に入れても、いくらか貯金がないと怖くて復学できない」

「えっ、学生だったの」

動揺する笙子を横目に、芳光は頷《うなず》く。

「隠してたわけじゃない。なにしろ最近、テレビをつけたらクビと就職難の話しか出ないだろう。あんまりありふれた金の話だから、言いふらす気にもならなかった」

腫《は》れ物《もの》に触るように笙子が訊《き》いてくる。

「やっぱり、倒産とか……？」

「まあ、だいたい、そんなようなことだよ」

「そっか」

古本にビニールをかけながら、笙子が呟《つぶや》く。

「うちも他人事じゃないな。親の残業が減って、給料が下がったって言ってた」

芳光は無感情に言った。

「気の滅入《めい》る話はやめよう。残る小説は二つだ。両方見つければ二十万になる。少しは足しになるさ」

「……そうね」

包装の済んだ本をぽんと投げ出して、笙子は声を励ました。

「こんな地味な苦労の話をしてると、いくら報酬がいいからって赤の他人の形見を探してるなんて、馬鹿馬鹿しく思えてくるわ。それになんだか納得できないのよね」

「何が」

肩が凝ったのか、笙子は軽く腕をまわす。

「だって、自分の親がむかし書いた小説なんて、探してでも読みたいものかな。親が作家で、見つけたら大発見っていうなら別よ。でもそうじゃない、死ぬまで存在も知らなかった小説なんでしょ。もし、わたしの親が小説を書いたことがあって、それを見せずに死んじゃって、お葬式の後でそれを知ったとしてもさ」

小さく肩をすくめる。

「わたしだったら、探さないな」

手元の作業を進め、それから芳光はぽつりと呟いた。

「……確かに、そうだ」

「でしょ？　北里可南子だっけ。あの子、よっぽどお父さんのことが好きだったのかな。ちょっと怖い感じもする。見た感じは普通だったけど」

笙子は笑った。

「見た目だけじゃ、人の執念まではわからないから」

ふうむ、と唸《うな》って芳光は顎《あご》を撫《な》でる。

「言われてみれば、そうだな」

「見た目だけで、ってこと？」

「違う。そんなもの探してでも読みたいか、ってところ」

消しゴムを置き、考える。

「言われてみれば、そうなんだ。依頼人の目的はそんなにはっきりしていない。お話なら、散らばった破片を全部集めたら宝の地図が出てくるもんだ。北里可南子が五篇の小説を集めているのは、思い出のためだけかな」

「何か別の理由があるって思うの？」

黙り込んだ芳光を、笙子が茶化す。

「宝の地図ならいいけど。鬼が出るか蛇が出るか、ってね」

可南子からの手紙は、朝霞での面会に立ち会いを求めていたわけではない。その気があれば立ち会ってもいいと書いてあっただけだ。最初、行く気はなかった。

しかしその日の夜、芳光は松本に電話をかけ、同行を申し出た。

可南子は中央本線で東京に来る。地理不案内な可南子のため、芳光は新宿駅まで迎えに出た。

最初に依頼を受けてから、季節は移り変わっている。大切な訪問とあってか、可南子はかっちりとした濃紺のスーツを着ていた。薄曇りの日だったが「こちらは暖かいですね」と言った。

「松本の方はまだ寒いですか」

「ええ。こちらはもう桜が咲いていて、驚きました」

「そうでしたか？　気づきませんでした。そんな季節になっていたんですね」

「ご覧になってないんですか」

「花は苦手なんです」

手荷物はハンドバッグ一つだけで、可南子は身軽だった。

「改めて、ありがとうございます。今日もわざわざ」

そう礼を言いかけるが、新宿駅の雑踏の中、長い話は出来ない。挨拶《あいさつ》もそこそこに、芳光は可南子を先導する。

「朝霞の駅まではご案内できますが、そこから先はわかりますか」

「住所があるので、大丈夫だと思います」

池袋まで行き、朝霞に向かう電車を待つ。幸い、ほとんど待たずに都合のいい準急に乗ることが出来た。長椅子に何とか続きの席を取る。それでようやく息をついて、可南子はバッグから葉書を取り出した。

「この人が、父の小説を持っているそうです」

葉書は年賀状で、ちょうど十年前のものだった。墨で書かれた謹賀新年の文字は達者で、普段から筆を使い慣れた人の字だと思われた。「その後創作は如何《いかが》ですか。お嬢さんも大きくなられたでしょう。こちらに来られるときはご一報ください。歓《よろこ》んで一献さしあげます」と書かれている。

「なるほど。創作に触れていますね」

最後に書かれた名前は、宮内正一《みやうちしょういち》とあった。

「この年賀状を見つけたのは、実は、甲野十蔵さんからの手紙を見つけるずっと前でした。連絡を取ろうとすぐに手紙を出したんですが、ずっと返信がなくて。諦めていたんですが、半年たってようやく返事がありました」

「半年は長いですね。でもまあ、わかります。僕も筆無精ですから」

「その手紙で、足が悪くて遠出できないから朝霞まで来てくれと言われました」

自然と、芳光は眉をひそめた。

「……それは妙ですね。小説なら郵便でも送れるでしょう。それなのにこの人はどうして、わざわざ呼びつけたんですかね」

可南子が少し、難しい顔をする。

「わたしが直接行くことが、小説を渡す条件だと言われました」

「酷《ひど》い話だ」

「手紙と電話だけでは、本当に北里参吾の娘かわからない、と。言い分もわかるんですが気難しそうな人で、実は気が重いんです」

「それで松本から、ですか。気難しいだけならいいんですが」

他人のことを考えない人かもしれない、と言外に匂わせる。なおも考えていると、可南子が庇《かば》うように言った。

「ただわたしも、父の知人には会ってみたいですから」

電車はゆっくりと進み、準急の停《と》まらない駅を一つ二つと飛ばしていく。

ふと、可南子が訊いてきた。

「ところで。あれ、どう思われました」

「あれというのは、『転生の地』ですか」

「はい」

送られてきたコピーには、乱れた字で、子供の死が書かれていた。

手紙の中で可南子は、いくつか感想があると書いていた。世辞が欲しいようでもなさそうなので、芳光は思ったことをそのまま言う。

「失礼かもしれませんが、リドルストーリーに結末が用意されているというのは、思ったほど嬉《うれ》しいことではありませんね。最初に結末のない『転生の地』を読んでいるからかもしれませんが、あの一行を足して読み直すと、やはり蛇足のような気はしてしまいます」

可南子は頷いた。

「そうですね。だから父は最後の一行を用意するだけで、書き加えなかったんだと思います」

「リドルストーリーの中には、小説としては魅力的でも適切な結末はありえないという作例もあります。クリーブランド・モフェットという作家の『謎《なぞ》のカード』なんかがそうです。こじつけた結末を考えられないわけではありませんが、だから面白くなるというものでもありません。ただ、結末を記さないだけではなく、読者に示さないまでも結末を用意していた叶黒白は、真面目《まじめ》な作家だったとは言えるかもしれませんね」

そこまで言って、芳光はふと疑問を覚えた。

「あの、ところで。文箱《ふばこ》の中には、五枚の原稿用紙にそれぞれ結末が書かれていたんですよね」

「そうです。よく憶《おぼ》えてますね」

憶えていたのは、天袋の文箱、という言葉を綺麗《きれい》だと思ったからだ。そうとは言わない。

「どれが『転生の地』の結末か、読んだだけでわかるものでしたか」

微笑《ほほえ》んで、可南子はかぶりを振った。

「読む前にわかりました。菅生さんにはコピーをお送りしましたが、実は原稿用紙の裏面に、題名らしき言葉が書かれているんです。あの一行の裏には『転生の地』と書かれていました」

「ああ、なるほど」

「父自身、後で混乱しないようにと思ったんでしょう」

原稿用紙に向かう北里参吾の姿が、芳光の脳裏にふと浮かぶ。芳光は彼の顔を知らない。ただ、背中が大きく、そして背すじはしゃんと伸びているような気がした。

電車が成増《なります》に停まる。客の入れ替わりが多く、車内が少し慌ただしくなる。朝霞に行くのは芳光も初めてで、時間の見当がつかない。

「中身については、どうですか」

　そう促されて、感想を続ける。

「どうも、不自然ですね」

「というと」

「叶黒白は、インドに詳しいのか詳しくないのか。確かにインドには転生の思想がありますし、輪廻《りんね》転生において大きな意味を持つ聖地というのも聞いたことがあります。ただ、死体が意味を持つというのは変です。僕の狭い理解だと、インドはむしろ、遺体を大事にしないと思っていたんですが」

　可南子は真剣に頷いた。

「ああ、わたしもそこは違和感がありました。インドって、鳥葬をやるところですよね」

「そうですね。ただ鳥葬はゾロアスター教のやり方ですから、主流じゃないでしょう。ほとんど火葬だったと思います。そして遺体の灰は、川に流してしまう。インドでの遺体の扱いには、そういう無頓着《むとんちゃく》なイメージがあります。死後の救いに遺体が必要というのは、復活を信じて土葬にするキリスト教か、でなければエジプトのミイラのイメージですね」

　少し考え、

「もっとも、インドは広いし、僕も行ったことがある訳じゃない。叶黒白が書いたような風習が、どこかにはあるのかもしれません」

そう予防線を張る。

「……古書店の方というのは、すごいんですね。そんなことまでご存じなんですか」

芳光は、それには何も言わなかった。可南子が少し首を傾げる。

「そういう風習は、たぶん、ないんだと思います。わざと事実とは違うことを書いて、それで小説らしく見せたんじゃないですか」

「『奇蹟の娘』の、ルーマニアを日本人が旅するという設定と同じように？」

「ええ。意味があるような、ないような演出ですが」

「確かに、趣味的な感じがします。五篇全部を貫く作風なのか、それとも見つかった二篇だけがたまたまこういう書き方なのか。揃《そろ》ってみないと何とも言えないですが、『転生の地』について言えば、生きた演出だと思いますよ」

芳光の心は奇妙に落ち着いていた。

インドの死生観やルーマニアの入国審査について話していると、金のことや実家のことを忘れ、いつも心にのしかかっていた重苦しさが晴れた気がした。

しかし芳光にとっては小説の感想でも、可南子にとっては父親の話だ。思うところは、いろいろあるらしい。

「そうですね。とにかく、揃わないことには……」

芳光はもう少し話していたかったし、可南子の感想にもまだ先がありそうだった。しかし電車は、朝霞に着いた。


駅からはタクシーを使い、近くまで来てからは歩いて探す。少し手間取ったが、たまたま通りがかった郵便配達員に尋ねると、「宮内さんならすぐそこです」と教えてもらえた。宮内家は平屋に瓦《かわら》の寄棟《よせむね》屋根を載せた渋い日本家屋で、塀も板塀と凝っている。ただ、周囲の家々との調和を欠いて、住宅街の中では浮き上がっていた。

玄関先にはお手伝いらしき女性が出た。案内を乞《こ》うと通された客間には、立派な床の間と違い棚があった。掛け軸の主題は雪の深山幽谷。上座に据えられた籐椅子《とうい す》が、少し場違いだった。正座して宮内正一を待つ。こつ、こつと硬い物音が近づいて、松葉杖《まつばづえ》をついた男が障子を開けた。

男は柔らかに微笑んでいた。

「やあ、お待たせしました」

作務衣《さむえ》を着込み、片足に足袋を履いている。もう片方の脚にはギプスがつけられて、金属製の松葉杖も痛々しい。白髪交じりの頭はすっきりと刈り込まれており、頬のあたりには少し肉が目立っていた。

「僕が宮内正一です。すみませんね、ご覧の通りの有様ですから、椅子を使わせて貰《もら》います」

自分の腿《もも》をぽんと叩《たた》き、宮内は静かに腰を下ろす。作法を学んだ人の所作だった。

「北里可南子です。今日はありがとうございます。こちらは、父の小説を探す手伝いをしていただいている、菅生書店の菅生芳光さんです」

紹介され、芳光は神妙に頭を下げる。可南子は手土産も用意していた。

「これはつまらないものですが、どうぞお納めください」

「これはすみません。遠路はるばる来ていただいたのに、お気遣いまでありがとうございます」

一通りのやりとりを済ませると、宮内はふと表情を曇らせた。

「松本からは、ずいぶん遠かったでしょう。僕の足がこうでなければ、家まで来ていただくことはなかったんですが。本当に、すみませんでしたね」

「いえ……。どうなさったんですか」

「乱暴な自転車にぶつかられて、倒れ込んだ拍子にぽっきり、です。旅行先でやられましてね、入院だリハビリだとばたばたしている間に、頂戴《ちょうだい》したお手紙がどこかに紛れ込んでしまった。いや、まったくみっともないことでした」

芳光は黙って控え、宮内の顔を見ていた。声の抑揚は耳に心地よく、人当たりの良さはただ外面だけとは思えない。年の頃は五十そこそこと見えるので、まだ好々爺《こうこうや》というには早いだろうが、先の可南子の心配に反して、気難しい印象はまるでない。

「こちらの年賀状をたよりに、ご連絡差し上げました」

黒檀《こくたん》の机に葉書を置くと、宮内は目を細くした。

「ああ、これですか。北里からは何もなく、いつか送るのもやめてしまいましたが、届いてはいたんですね」

顎を引き、可南子を見据える。

「なるほど、わかりました。しかしこんなものがなくても、顔を見ればわかりました。北里と斗満子《とまこ》さんの面影がある。大きくなられましたね。疑うようなことをして、もうしわけありませんでした」

ぐっと頭を下げる。かえって可南子が慌てた。

「いえ、そんな。こちらこそ突然ご連絡を差し上げて、驚かれたでしょう」

「北里は亡くなったとか。まだそんな年でもないのに、残念なことです」

「もう少し何かしてやれたのではと、口惜《くや》しく思っています。父は医者嫌いではなかったんですが、なぜか病気と闘う気力がなかったようで、一度入院したらそれきりでした」

「本当に、残念です。知っていればご葬儀には参列させていただきたかったんですが、彼はどうも、こっちの仲間とは距離を置きたかったようですね」

可南子はわずかに目を伏せる。

「父が以前東京にいたことも知りませんでした。実家とは疎遠だと聞いていましたが、でも生まれは松本だとばかり思っていました」

「……そうですか。まあ、言う機会がなかったんでしょう」

「元気だったときは、わざわざ昔の話なんてしませんでしたから。その日その日のことで、精一杯で」

「そんなものかもしれません。彼の実家は栃木の今市《いまいち》にありましたが、いまはどうかな。もし連絡を取りたいようなら、手伝いますよ」

戸惑い、可南子はゆっくりと言った。

「いえ。お心遣いはありがたいのですが、今更ですし、心の準備もありません」

すると宮内は、少し苦い顔をした。

「そうですか。でも、先祖のお墓もそこにあるはずです。いまは難しくても、いずれ考えた方がいいでしょう」

知るつもりのなかった可南子の事情がやりとりされていく。控えていた芳光だったが、ちらと視線を可南子に送る。可南子は気づいて、小さく頷いた。

「ありがとうございます。ところで、お電話でお願いしたものですが」

た。

「ああ、はいはい」

宮内はもう少し思い出話をしていたいようだったが、小さく頷くと、目を芳光に向けた。

「君、悪いんですが、立ち上がるのも大変なものですからちょっと手伝ってもらえませんか。そこの違い棚の下に引き出しがあるでしょう。中のものを、取ってください」

言われるままに開けると、中には冊子が入っていた。題字は行書で、『朝霞句会』とある。宮内に渡して座に戻る。

「ありがとう。……お探しの小説は、ここです」

つい、芳光は声を上げた。

「あの。それは俳句の雑誌ですよね」

宮内は芳光に対しても態度を変えなかった。

「本屋さんは、やっぱり気になりますか。『朝霞句会』、ご存じでしたか」

「いえ、すみませんが」

素直に答えると、苦笑が返ってくる。

「まあ、小さな同人誌ですからねえ。これでもけっこう、秀句が載るんですよ。関東圏では一番だと自負しています」

芳光はただ恐縮するしかなかった。

「勉強します。ただ、どうして俳句の雑誌に、小説が載ったのかと不思議で」

「ごもっともです」

そう頷くと、宮内はゆったりと籐椅子に身を沈めた。

「お手紙を頂いて、当時のことを思い出しました。もう二十年近く前になります。北里からいきなり、原稿の束が送られてきましてね。あいつも句会の同人ではありましたが、あまり熱心ではありませんでしたから、最初はずいぶん頑張って作ったものだと感心したんです。ところが開けてみたら、俳句じゃなくて小説でしょう。もう、可笑《おか》しいやら腹が立つやら」

「それで、載せたんですか」

照れたような笑いが、宮内の口元に浮かぶ。

「さっきは関東第一と言いましたがね。実状はまあ、毎度頁《ページ》を埋めるのも大変で。原稿は正直に言ってありがたくもあったんです。それに北里も、僕なら載せるだろうとわかっていたから送ってきたんでしょう。そう思えば、期待を裏切る気もしませんでした。……ただ、ねえ」

懐かしむように、宮内は呟く。

「僕は北里のことはよく知っていると思ったが、あのときは驚かされました。可南子さんの前でなんですが、ずいぶん趣味の悪いものを送ってきましたからね」

当の可南子は、澄ました顔をしている。『奇蹟の娘』も『転生の地』も、品行方正な掌篇《しょうへん》ではなかった。予想はついていたのだ。

「僕がこれを書いたのなら、自分の子供には読んで欲しくないと思うだろうが……。北里も逝《い》ってしまったということなら、これも追善でしょう」

可南子はそっと、『朝霞句会』に手を伸ばす。

「これは、頂いてもいいんでしょうか。お入り用のものでしたら、コピーだけ取らせていただきますけど」

宮内はにっこりとして、「どうぞ。まだありますから」と言った。

2
小碑伝来

叶黒白

嘗《かつ》て中国を旅行した折、四川《しせん》の綿陽《めんよう》という街で、奇妙な話を聞いた。小料理屋で知り合った男が街の案内をするというので任せたところ、いかにも無教養なむさ苦しい男の口から李白《りはく》や欧陽修《おうようしゅう》の詩がすらすらと出てくるのに面食らった。なんでもこの街に所縁《ゆかり》があるというが、それにしても意外に思い憮然《ぶぜん》としていると、男が人を小馬鹿にして笑い、「この程度、蜀《しょく》では子供でも諳《そら》んじるよ」などと言うのが小憎らしかった。

あっちの廟《びょう》は元《げん》代に由来し来歴はこれこれこう、そっちの塚は唐《とう》代のものでこういう人物のもの、ここには名庭があったが清《しん》代になって失われたという具合に、故事来歴を縦横に駆使して案内する男が、一つの苔《こけ》むした碑の前だけは通り過ぎようとした。サテハと思って呼び止めた。

「この碑には何と書いてあるのかな」

男は振り返り、皮肉に笑った。

「悼《いた》んでいるのだ」

「誰を？」

フムと呟き、男は言った。

「それを言うためには、一つ話をしなければならない。それほど長くはないが、聞くかね」

そうして近くの茶屋に目を送るものだから、私は茶と引き替えにその逸話を聞くこととなった。以下はその話をまとめたものである。

南宋《なんそう》の時代、寧宗《ねいそう》の世に、一人の男がいた。

身の丈九尺で威風堂々としており、声の大きな男であった。戦いには二刀を巧みに用い、弓を用いれば空を飛ぶ鳥を射落とした。

彼と彼の軍は勇猛であり、賊と戦えば必ずこれを破ったので、武功により芙城《ふじょう》を任された。その統治は峻厳《しゅんげん》なものだったので、夜盗たちは恐れて街からいなくなった。彼の武勇は万夫不当《ばんぷふとう》と賞賛され、また彼自身もそれを認めていた。

ある日、近くの街道を賊が脅かしていることを知ると、男は人を用い、「あの将軍が刀を磨いたそうだ」と噂《うわさ》させた。それでも賊の被害が収まらなかったため、「あの将軍が兵糧《ひょうろう》を集めたそうだ」と噂させた。それでも賊が民を襲ったので、「あの将軍が兵を揃えたそうだ」と噂させたところ、賊は寨《とりで》を捨てて逃げ去った。彼は一兵も損なうことなく戦いに勝ち、その名声はいよいよ高まった。

彼は、普段は冷静な男であった。しかし酒を呑《の》むと大言壮語する癖があった。ある日、酒席に招かれた彼は、主人にこう尋ねられた。

「将軍の武勇を喩《たと》えるとしたら、誰ならば引き合うでしょうか」

彼は笑って答えた。

「あなたの思うようにおっしゃればいいでしょう」

そこで主人は、彼を褒めるつもりで言った。

「将軍の武勇は、古《いにしえ》の韓信《かんしん》に勝るとも劣りません」

すると彼はむっつりとして盃《さかずき》を下に置き、

「項王《こうおう》ならば相手になろうか」

と言ったので、その場にいた人々はさすがに驚きあきれた。

その頃、南宋では皇帝の威光が弱まり、内憂外患に脅かされていた。世は麻のように乱れ、宮中には佞臣奸臣《ねいしんかんしん》がはびこり、地方では反乱が多く起こった。

益州《えきしゅう》でもいくつかの乱が起こったが、中でも、元は山賊であった蘭白順《らんはくじゅん》が起こした乱には勢いがあり、たちまち一県を制圧した。蘭白順は周辺の城に文を送り、宮中の腐敗を並べ立てた上で、自分の挙兵は君側《くんそく》の奸を除くものであるから味方をせよと伝えた。

文を受け取った長官たちは官軍が当てにならないことを知っていたので、先を争って蘭白順に降伏した。ただ芙城だけは降伏しなかったので、蘭白順は軍を進めた。兵の数では不利だったので、芙城の動揺は甚だしかった。張愈《ちようゆ》という男が将軍に進言した。

「敵の数は甚だ多く、意気も盛んであります。我々は寡兵である上、宋に忠を尽くすべきか悩む者も少なくありません。また、昨年の不作で兵糧も少なく、援軍の見込みもないため籠城《ろうじよう》もままなりません。蘭白順は乱暴者ではありますが、大義を掲げているので無駄な殺戮《さつりく》はしないはずです。ここは干戈《かんか》を避けて城門を開き、民を安んじるべきです」

男は刀を取り上げ、一振りで張愈の首を飛ばすと、周りにいた将兵に言った。

「この男は戦う前から負けることを考えている。蘭白順のごとき賊に大義などないことは誰もが知っている。ただ蘭白順が勝っているから従っているに過ぎない。芙城が手強《てごわ》い相手だと知らしめれば、たちまち瓦解《がかい》し潰走《かいそう》することは目に見えている。この戦いは難しいものではない」

そうして張愈を梟首《きようしゆ》としたので、芙城の人々は安心し、将軍は必ず勝利をもたらすだろうと言い合った。

やがて芙城は、蘭白順の軍勢十万に包囲された。大地は賊旗に埋め尽くされたかのようだった。

　蘭白順はもう一度、文を送った。

「将軍は自らを項王になぞらえたと聞くが、あなたはいま、まさしく四面楚歌《しめんそか》の中にいる。潔く降伏し、兵をいたずらに損なうなかれ。我々は義兵であるので、決して道に外れたことはしない」

　男は使者を切り、楼閣に上って蘭白順を罵《ののし》った。

「私が項王に並ぶ勇将であったとしても、貴様は漢《かん》の高祖《こうそ》とは比べものにならない。賊の分際で思い上がりも甚だしい。首が落ちてからも放言できるか試してやろう」

　すると蘭白順は怒って軍を動かしたが、日が暮れたので十里引いて陣を敷いた。

　男は配下の将兵を集めて言った。

「蘭白順の軍は遠路を行軍し疲れている。夜襲してこれを打ち破る」

　配下の者は口々に男を諌《いさ》めた。

「夜襲は行うべきですが、敵にも備えがあるかも知れません。将軍に万が一のことがあれば芙城は一揉《ひとも》みに潰《つぶ》されてしまうのですから、ここはご自重ください」

　男はもっともだと思い、配下の黄商《こうしょう》に千の兵を与え、夜襲を任せることとした。黄商は勇んで出陣したが、しばらく鬨《とき》の声が聞こえていたきり、誰も戻らなかった。

　夜が明けると、賊の軍勢は同じように攻め寄せてきた。軍勢の先頭には千の首級が掲げられていた。蘭白順が進み出て言った。

「このような下郎に兵を与え、愚かな策で戦い皆殺しに遭うとは、将軍の武名もあやしいものだ。次は芙城を皆殺しにするぞ」

兵たちは死戦の覚悟を固めた。しかし男は、十万の軍勢が指呼の距離に近づくと、嘆息してこう言った。

「黄商に兵を与えたのは誤りであった。戦いの前に千の兵を失い、どうして守りきれることがあるだろうか。自分は武人として華々しく死ぬことを望んでいるが、それでは民が哀れである。自分は野に下って賊を討つ機会を待つ。戦いを望まぬ者は残って降伏せよ」

兵たちのほとんどは男についていく気持ちだったが、彼はひそかに腹心に図り、「兵があまり多くては抜け出せない。精兵百人を選べ」と言った。

選ばれた百人と将軍はひっそりと裏門から芙城を出た。将軍を失い、芙城はすぐに降伏した。

脱出した将軍と兵たちは、ほどなく見つかり追撃を受けた。将軍は二刀を抜いて戦おうとしたが、投げつけられた礫《つぶて》に当たって気を失った。百人の兵は皆殺しにされ、将軍は芙城に連れ戻された。

男は縄をかけられ、蘭白順の前に引き出された。蘭白順は男を見ると、顔に朱を注いで言った。

「将軍、貴様はとんだ食わせ者だ。私は貴様の武名を重んじていたのに、貴様は私だけでなく、貴様の兵や民もたばかった。貴様は我が軍が百里の彼方《かなた》にあるときは、降伏を勧めた部下を切った。我が軍が城の外にあるときには、楼閣の上から私を罵った。我が軍が十里離れて野営したときには部下を百倍の相手に突っ込ませた。そして我が軍が城を攻め始めると、貴様と共に死ぬ覚悟をしていた多くの兵を残し、城から逃げ出した。追撃を受けて初めて刀を抜いたが、ただの一合も打ち合うことなく昏倒《こんとう》し、貴様を最後まで信じた百人の兵が死んだというのに、こうして一人生き残り私の前に引き出されたのだ」

　男は助命の望みがないと知り、言った。

「藺白順よ。私は貴様を討つために最も良い手段を選び、その上で敗《やぶ》れたのだ。これ以上の侮辱を加えずしかるべき処置をせよ」

「貴様が武人であればそうしただろう。しかし一人の匹夫《ひっぷ》であるならば、それにふさわしい扱いをしなければならない」

　男は首に縄をつけられ、通りを引きまわされた。芙城の民たちは口々に男を罵り礫を投げつけた。男が連れて行かれたのは彼の屋敷であった。

　軍兵と民が取り囲む中、男の縄を切って藺白順は言った。

「この屋敷には貴様の妻を閉じ込めてある。私は仁を旗印として天下の過ちを正すことを誓っているから、貴様と貴様の妻の二人を共に殺すことはしないでおこう。貴様が本当に勇将であり、おのれの言葉通り項王にも比肩しうる者であるならば、項王に倣《なら》って自刎《じふん》せよ。あるいは貴様が匹夫であり、口先の評判で名を上げただけであれば、命を惜しんで屋敷に火を放て。貴様の妻は焼け死ぬだろうが、私は貴様を解き放ってやろう。芙城の誰も貴様には手出しせぬよう布告もだしてやる」

男の前に、刀と松明《たいまつ》が差し出された。

「それで芙城の人々がこの碑を建てた。芙城は、いまでは綿陽の街の一部になっている」

と、男は話を締めくくった。

「それではわからん。男は結局どうしたんだ」

そう訊くと、男はニヤニヤとして急須《きゅうす》に手を置いた。話の間に、急須は空になっていた。

「君としては、どちらがいいかね。勇敢な男の物語と、臆病《おくびょう》な男の物語と。望むならどちらでも話して聞かせよう」

「私が知りたいのは本当のことだ」

彼は笑った。

「そうだな。日も暮れてきた。茶で腹が膨れるのも惜しい頃だな」

そうして近くの料理屋に目を送るものだから、私は酒肉と引き替えに話を聞くこととなった。美酒にしたたか酔った頃、彼はようようのこと、刀と松明の物語の最後を語ったのである。

（『朝霞句会』昭和五十年春号）

3

可南子はやはり、その日のうちに帰るという。「仕事を休めないんです」と笑っていた。

新宿までは道連れになる。来た道を折り返す電車の中で、可南子は『朝霞句会』を読んでいた。念願の小説を手に入れ、可南子に何かの感動が現れるか、芳光は横目で表情を盗み見ていた。何もなかった。毎朝の新聞を読むように平板な顔つきで、可南子は父親の小説を読んでいた。

これまでの二篇と同じく、今回の小説も、さして長いものではなかったようだ。池袋にも着かないうちに可南子はそれを読み終え、そっと膝《ひざ》に伏せる。やはり、物思うふうではない。ふと思いついたように、芳光に『朝霞句会』を差し出した。

「お読みになりますか」

頷いて受け取る。筋を追う程度にざっと目を通すうち、新宿まで戻って来た。

時計を見れば、松本行きの特急にはまだ時間がある。「写しを頂けますか」と訊くと可南子が頷いたので、手近なコンビニエンスストアで掌篇のコピーを取る。その後はどちらから言い出したわけでなく、喫茶店に入ることになった。今後の仕事を進めていく上で、芳光には確かめておきたいことが幾つかある。可南子にも、どうやら何か話があるようだった。

適当に選んだ店は煙草《たばこ》の匂いが濃く、通されたテーブルは脚がガタついていた。向かい合って腰を落ち着けると、自然と、掌篇の話になった。

「どう思われました?」

そう訊かれ、芳光は言葉少なに答える。

「不思議な話でしたね。宮内さんが自分の子には見せたくないと言った理由も、何となくわかります」

「ええ。たしかにあまり趣味は良くなかったですね」

「宮内さんは、お父さんとはかなり親しかったようです。小説を送るとき、多少毒がきつくても許してもらえると考えたんじゃないでしょうか」

「信頼関係、というんでしょうか。甘えだったかもしれませんが」

可南子は微笑んだ。

「ところで、自刎とはどういう意味でしょう」

「ああ、自分で自分の首を落とすことです。本当にそんなことが可能なのかは知りませんが、白髪三千丈的な大袈裟《おおげさ》な表現で、中国が舞台の小説によく合っていると思いますよ」

愛想のない店員が、注文のコーヒーを置いていく。声の届かないところまで離れてから、可南子はハンドバッグを開けた。

「忘れないうちに、これをお渡ししておきます」

白い封筒だった。表には何も書かれていない。

「お約束の、『新紐帯』を見つけ出してくださったお礼です」

「ありがたくいただきます」

受け取ると、思ったよりも指から厚みが伝わってくる。

「……それと、今日お付き合いくださってありがとうございます。お手間を取らせましたから、その分の気持ちも入れさせていただきました」

封筒から少し目を上げ、芳光は「どうも」とだけ言った。

「それで、この後なんですが」

そう切り出して、可南子は芳光の言葉を待つようだ。封筒をポケットに収め、芳光はぽつぽつと話し出す。

「この後ですが、ここからが厳しいと思います。『壺天』と『朝霞句会』は、北里さんのご自宅にあった手紙類を元に見つけたものです。『新紐帯』には、『壺天』から芋づる式に辿《たど》り着きましたが、『新紐帯』から辿れる人脈はまだ見つかっていません。相手に大学関係者が多いので、接触の糸口を見つけにくいというのが現状です」

「やはり、そういうものですか」

「紹介がないと難しいですね。今日の『朝霞句会』を分析すれば何か見つかるかもしれませんが、何しろ元が俳句の同人誌ですから、あまり期待は出来ません。北里さんは、他に手がかりはないんですか」

可南子の表情が曇る。

「探せるだけは探したと思います。父はどうやら入院前に、わたしに隠れて身のまわりのものを整理したようなんです。年賀状だけは運良く残っていましたが、あとは特にこれと言って」

「松本での、お父さんのお知り合いには尋ねましたか」

「いえ。前にもお話ししましたが、松本での父は、とても小説を書くような人には見えなかったんです。父の職場の人には、葬儀の時もよくしていただきましたが……。深い付き合いがあるようには思えませんでした」

「話してみると、思わぬことも聞けるかもしれませんよ」

「たしかにそうですね。帰ったら、試してみます」

微笑んでそう頷くが、可南子は可能性は低いと思っているようだった。

何も入っていないコーヒーをスプーンでかき混ぜる可南子を見ながら、芳光は考えていた。

手がかりは、ないわけではなかった。

これまで発見された三つの掌篇はすべて、昭和五十年頃に掲載されている。そして掌篇の中身には、リドルストーリーという以外に、重要な主題が共通している。そのあたりのことをつついていけば、何か新しい話は出てくるはずだ。

しかしそれは、叶黒白の小説を探すという域を超え、北里参吾という男の過去を追うことになる。芳光が迷うのは、それは可南子の依頼の範囲を超えるのではと思うからだ。小説を探すよう頼まれたというだけで、私事にまで踏み込んでいいものか。

ためらいつつ、訊く。

「もっと深入りして調べていけば望みはあるかもしれません。ただ、それには時間も費用もかかります。北里さん、お父さんの小説を五篇揃えたいというお気持ち、いまでも変わりはありませんか」

「ええ」

即答だった。気負うふうもなく、可南子ははっきりと言った。

「変わりません。是非とも、探していただきたいと思っています。費用の問題でしたら、領収証をまとめていただければ、後日お支払いします」

「……その時は、お願いします」

芳光は頷いた。

「依頼主が迷わないのであれば、僕もやりやすいです。ではさっそくですが、いくつか教えてください」

「何でも、どうぞ」

「北里さんは、お父さんが東京にいたことは知らなかったんですよね。では、何年前から松本にお住まいになっていたんですか」

可南子は何故《なぜ》とは訊いてこなかった。

「わたしが五歳の時でしたから、二十二年前になります」

「それまではどちらに」

答えが返るまでには、かなりの間があった。戸惑っているのかためらっているのか、可南子はおもむろに言った。

「スイスに家を借りていたようです。すみません、よく憶えていないんです」

「スイス？」

「ええ……」

可南子の立ち居振る舞いに粗野なところはないが、着ているものも持ち物も、そう高価という感じはしない。幼少期をスイスで過ごしたと言われてもぴんと来なかった。可南子が小声になるのは、はにかみのためか。

「すみません、思わぬお答えで驚いてしまいました。向こうに親戚《しんせき》でもいらしたんですか」

「いえ。そういうことではなかったようですが」

そのまま口をつぐむ。待っても、それ以上のことは引き出せそうもない。芳光は質問を変えた。

「では、宮内さんとお父さんとはどういう関係だったのか、ご存じですか。手紙のやりとりはなさったんでしょう」

「詳しくは知らないんですが」

話が変わり、可南子はほっとしたようだった。落ち着きを取り戻す。

「大学で友人だったそうです」

「大学というのは、日本でですか」

「はい。東京のです」

頷きが返ってくる。芳光はテーブルの上で指を組む。

北里参吾は東京で大学に通い、その後の一時期スイスに逗留《とうりゅう》する。その前後に可南子が生まれている。二十二年前に日本に戻って、住居を松本に定めた。こういうことになる。

考え込んでしまったらしい。申し訳なさそうに「あの、そろそろ電車が」と声をかけられて、芳光はようやく我に返った。腕時計を見る。改札からホームまでの移動を考えると、ぎりぎりの時間になっていた。

「ああ、そうですね。急いだ方がいい」

慌てて促す。可南子は席を立ったが、ふと思い出したようにバッグを開いた。一枚のコピーを出してくる。

「すみません。ゆっくりお見せしたかったんですが、これが『小碑伝来』の最後になります」

「わかりました。後で見ておきます」

二つ折りのコピーをテーブルに置き、可南子は今度は伝票を気にしている。いいから早くと急《せ》かすと、何度も頭を下げながら可南子は店を出て行った。

残された芳光は大きく息をつく。ほとんど手をつけていなかったコーヒーを一口含み、気を落ち着けてコピーを開く。

発見済みの二作と同じく、結末は一行だけだった。

——どうやら一刀の下に、男の首は落とされたものらしかった。——

第四章　アントワープの銃声

　それからの一週間、芳光は空いた時間の全《すべ》てを調査に注ぎ込んだ。

　昼間は菅生書店で店番を。夜はブックスシトーでアルバイトをする。そして昼と夜の合間のわずかな時間を縫って図書館に通い詰めた。店に笙子がいて広一郎がいなければ、仕事を任せて抜け出すことさえした。

「そりゃあ、わたし一人でもまわっていくけど。そんな何時間か抜け出したぐらいで何が出来るの？」

　笙子はそう不審がった。

「例の依頼で、調べ物があるんだ」

「手伝おうか？」

「いや、いいよ。伯父さんに内緒にしていてくれれば、それで充分助かる。役には立たないけど真面目《まじめ》だって触れ込みで、居候《いそうろう》させてもらってる身だから」

そうしていくつかの図書館をめぐり、古い雑誌や新聞、実録ものの本などに目を通していく。

北里参吾のことを知るためには、どうしてももう一度、宮内と会う必要があった。駒込大学の市橋も参吾とは付き合いがあったようだが、まともにいっても話ができる相手ではない。やはり宮内しかいない。しかし、こちらが何も知らないのでは、聞ける話も聞けない。そう考えて、準備に念を入れた。

そして一週間後。芳光は宮内に電話をかける。電話番号は『朝霞句会』に載っていた。電話口での宮内は、直接話したときよりも年が上に感じられた。怪我《けが》をしていてもきびきびとした所作が、宮内を若く見せていたのかもしれない。

『はい、もしもし』

「突然お電話差し上げて失礼します。宮内様でいらっしゃいますか」

『そうですが』

しゃがれ声で突慳貪《つっけんどん》な応対をされたが、菅生書店の菅生芳光と名乗ると、声がやわらいだ。

『ああ、可南子さんといっしょにいらした方ですね。先日はどうも。可南子さんからは、ずいぶん良いお土産を頂いてしまいました。菅生さんからも、どうぞお礼をお伝えください』

微《かす》かに、咳払《せきばら》いのような音が聞こえる。

『……それで、何かご用でしたか』

芳光は腹に力を入れた。宮内は、可南子が本物かどうか疑って松本から呼びつけている。もともとはやはり、先日の面会で受けた印象ほどに気のいい人間ではないだろう。臍《へそ》を曲げられないよう言葉を選ぶ。

「先日お時間をいただいたばかりなのに、すみません。実は、北里可南子さんからのご依頼を果たすのに手詰まりになってしまって、宮内さんのお力を貸していただけないかとお電話差し上げました」

『お力とは大層なことをおっしゃる』

宮内は笑ったようだった。

『とにかく、事情を伺いましょう』

「ありがとうございます。依頼主からどのぐらいの事情が伝わっているか、存じ上げないのですが」

『北里の小説が欲しいとしか聞いていませんよ。君は可南子さんの手伝いで彼の小説を探していると言っていたね』

訊《き》かれるままに、芳光は成り行きを説明する。北里参吾が小説を五篇遺《へんのこ》したらしいこと。可南子がそれを探していること。宮内が保管していたものを含め三篇は見つけたものの、残りの二篇を探す手がかりがないこと。

宮内は、北里参吾が他にも小説を遺したことには驚かなかった。ただ、それがすべてリドルストーリーということを聞くと、低く唸《うな》った。

『ふうむ。変なことをしたものだ……。それで、僕に何が出来ますか』

「北里参吾さんの、過去の交友関係をお教えいただきたいのです。宮内さんのように、小説を受け取った方がいらっしゃるかもしれません」

『ああ、それなら』

言いかける言葉を、なんとか制する。

「いえ、すぐにとは申しません。何しろ古い話ですし、もしご迷惑でなければ、後日また伺ってお話を伺いたいのですが」

『……構いませんが』

宮内は訝《いぶか》しげだったが、芳光はなんとか約束を取りつけた。

前回は可南子と二人だった。今度の朝霞訪問は一人だけ。

違うのはそれだけではない。朝霞駅から宮内邸までの道程にタクシーを使わなかった。可南子は経費を払ってくれると言ったが、だからといって好き放題に金を使う気にはなれない。体を動かすつもりで、芳光は朝霞の町を歩いた。

先日と同じ客間に通される。宮内が着ているものも、先と同じ作務衣《さむえ》だった。ただ、床の間に石楠花《しゃくなげ》の一輪挿しが置かれているのは前と違っていた。そして何より、宮内の表情が違う。歓迎という感じからはほど遠い。

まだギプスが取れないようで、松葉杖《まつばづえ》を置いて籐椅子《とうい す》に腰掛けると、

「これはどうも、大変でしたね」

と声をかけてくる。ねぎらいだけでなく、何故《なぜ》わざわざという不審の念も滲《にじ》ませていた。

「手短なら電話でも済んだでしょうが、遠いところを来ていただいてしまいました」

「押しかけまして、すみません」

「それで、北里の友人の話でしたね」

挨拶《あいさつ》もそこそこに、宮内はいきなり本題に切り込んでくる。

芳光は膝《ひざ》を詰め、頭を下げる。

「実はその前に、お伺いしたいことがあります」

宮内はすっと腕を組んだ。籐椅子がぎしりと音を立てる。芳光は目を伏せていたが、注がれる眼光を感じていた。宮内の声が一段低くなる。

「……そんなことだろうと思っていました。やはり何か魂胆があって、ここまで来たんですね」

「魂胆というほど汚くはないつもりです」

顔を上げる。

「依頼人の北里可南子さんは、北里参吾氏の東京時代のことを何も聞かされていないそうなのです。私は、作家叶黒白《かのうこくびやく》の過去の交友関係だけではなく、その頃の人となりについても知りたいと思っています」

「何故ですか」

「『アントワープの銃声』について、理解するためです」

その語を口にした途端、宮内の表情が険しさを増した。赤黒くなった顔で、宮内は言下に言い放つ。

「そういうことなら、話すことはありません。お引き取りいただいた方が良さそうです」

「北里可南子さんがいらっしゃる場では、お訊きできませんでした。日を改めるのがいいと考えたのですが」

「当然です。あの場でそんな話を持ち出していたら、人を呼んで叩《たた》き出すところでした。いまからでもそうしていいんですよ」

激しい反応だった。芳光は早々に切り札を切る。

「何か誤解があるかもしれませんが、私の目的は叶黒白の小説を集めることだけです。

北里参吾氏が五篇の小説を書いた理由が『アントワープの銃声』にあるのだと思うから、お尋ねしているんです」

わずかに間が出来る。宮内は苦々しそうに顔をしかめているが、かろうじて激昂《げっこう》は落ち着いたようだ。

「……君はどこまで知っているんですか。いや、可南子さんが、と言った方がいいのか」

「依頼人がどこまで知っているのかは知りません。もしかしたら、何も知らないのかもと思います。どうしても五篇の小説を揃《そろ》えたいと依頼されているだけです。それに応《こた》えるのが私の仕事です。それ以外のことは考えていません」

唾《つば》を呑《の》む。

「『アントワープの銃声』のことは、駒込大学の市橋先生に教わりました」

その名前を聞いて、宮内は呻《うめ》き声を上げた。

「市橋！　まさか、いまでも引きずっているのか。それで君はそれを真に受けたんですか。言っておきますが、あの男の言うことを信じては駄目です」

「いえ。市橋先生はいろいろほのめかしはしましたが、事件のことは、自分で調べました」

このときのため、芳光は暗記をしていた。

「一九七〇年。つまり、昭和四十五年。北里参吾氏の妻、北里斗満子さんが、ベルギーのアントワープ市で亡くなっていますね。ベルギーの警察は北里氏を逮捕し取り調べました。しかし起訴には至らず、釈放されています。斗満子さんは首を吊《つ》った状態で発見されました。北里氏に疑いがかかったのは、斗満子さんが亡くなる前後に隣室の客に銃声を聞かれているからです。北里氏は妻を銃で脅し、自殺に見せかけて殺したのではないかと疑われた。……これが、『アントワープの銃声』ですね」

宮内は腕を組み、口を挟まない。

「一方、依頼人の記憶によると、北里氏が松本に落ち着いたのは二十二年前。昭和四十六年です。それ以前はスイスに住んでいたということです。つまり、スイスに長期逗留《とうりゅう》中《ちゅう》、何かのきっかけで訪れたベルギーで事件が起きました。私の仕事に関係があるのはここからです。

北里氏が日本に戻った二年後、昭和四十八年、二篇の小説が発表されます。一篇は、甲野十蔵氏がお世話をされていた『壺天』で。もう一篇は、市橋先生が関《かか》わっていた『新紐帯』で。先日頂戴《ちょうだい》した『朝霞句会』に次の一篇が載ったのは、さらに二年後の昭和五十年でした。つまり、北里氏がこれを知人に送ったとき、氏は松本にいたことになります」

息を継ぐ。

「『壺天』に載っていたのは、母が子を妄信している話でした。この母親はほとんど狂気のように描かれていました。『新紐帯』に載っていたのは、ある裁判の話でした。男が裁判にかけられているんですが、その判決次第では、男の妻と子も死刑になる状況でした。

そして、一番直接的だったのは『朝霞句会』に載っていた話です。夫が自分の命か妻の命かどちらかを差し出すことを迫られて、小説が終わる。普通なら心理小説らしいというだけで済みますが、著者が『アントワープの銃声』で妻を殺害した疑惑を持たれている北里氏だと知っていれば、見方も変わります。宮内さんには、ずいぶん悪趣味に思えたんじゃないですか」

宮内は重い息を吐いた。

「……なるほど。よく調べていらっしゃる。それに、北里が書いた他の小説もそんなふうだったとは知りませんでした。君の言う通りでしょう。あの事件と北里の小説の間に何の関係もないとは、僕も思っていません」

ゆっくりと腕を解く。

「失礼しました。なにしろあの頃、僕もずいぶん記者連中にたかられましてね。いい思い出がないんです。それに可南子さんが何も知らないなら、そっとしておきたかった。

ただ可南子さん自身が望んでいることなら、叶《かな》えてやるべきでしょう。しかしまさか、二十年も経《た》ってまた訊かれるとは思いませんでした」

　わずかに笑い、咳払いをして居住まいを正す。

「わかりました。北里のことですね。といっても、僕は大学で知り合っただけですから、最初からは知りませんよ」

「そう、依頼人からも聞いています。よろしくお願いします」

　芳光が頭を下げると、宮内は目を瞑《つむ》る。しばらく静かな時間が続く。

　やがて目を開け、宮内は話し始めた。

「可南子さんにも話しましたが、北里の実家は今市にあります。ですが子供の頃は、鹿《か》島《しま》で過ごしたと聞いています。

　父親は鹿島で金属加工の工場を経営していました。さほど大きな工場ではなかったそうですが、うまく特需に乗ったようでしてね。北里は、あまり金には不自由せずに育ったようです」

　参吾の年齢を逆算していくと、特需というのはおそらく、朝鮮戦争の特需だろう。

「大学に進んで東京に来て、そこで僕とも知り合うんですが、変わった魅力のある男でした。頭がいいというんじゃない。切れ者は他にも沢山いました。自尊心が強い割に皮肉なところがあって、そこを嫌う連中もいましたが、僕とは不思議と馬が合いました。

語学には妙に才能があって、フランス人だろうが中国人だろうが構わず話しかけて、半年もするとそちらの言葉で冗談を言い合うぐらいになっている。確かに、変わった男でした。

金を持っていたので取り巻きもできましたが、金離れがいいのか使い方が雑なのか、ずいぶん心配させられました。どう見ても返しそうにない人間にも金を貸したりするので、気をつけろと言ったこともありましたが、『俺の金は全部あぶく銭だ。返って来なきゃそれまで』だなんて、よく言っていましたね」

可南子は参吾のことを、土いじりぐらいしか趣味のない男だったと言っていた。聞いた話と、ずいぶん違う。

「そうして派手にやっているうちに、北里は新劇の女優と知り合います。それが斗満子さん。旧姓は、たしか乾《いぬい》といったと思います。斗満子さんも派手な人でしたが……」

宮内はわずかに声を落とす。

「いまでこそ言いますが、僕はあんまり好きじゃなかった。北里が派手だったというのと、斗満子さんが派手だったというのとは意味が違う。北里の遊び方はどこか頽廃的《たいはいてき》でした。北里は自分が苦労知らず、世間知らずだと知っていた。知っていて、遊び狂っていたんです。

斗満子さんは違う。いろいろ噂《うわさ》がありましたが、僕にはどうも、彼女が悪ずれしているように思えてなりませんでした。男と遊んでいるというより、その品定めをしている気がしたものです。女優という触れ込みも、どこまで本当だったか……。北里に金があるとわかると、それまで付き合っていた男たちを捨てて、すぐにすり寄ってきました。

ああ、そのとき捨てられた男の一人が市橋です。当時はたぶん院生だったと思いますが、北里を逆恨みして、派手な殴り合いをしていましたよ」

「北里氏は、その市橋さんが加わっていた『新紐帯』に小説を送っています」

「掲載の可否を決めたのが市橋だったか僕は知りませんが、北里はそれぐらい皮肉な男だったということです」

少し頬を緩めたが、その笑みはすぐに消えた。

「斗満子さんとの仲を心配したのは僕だけじゃなかった。友達連中で、あれは悪い女だ、駄目だと諫《いさ》めたもんです。ただまあ、燃え上がったものはどうにもなりません。大学を出ると結婚しました。

この結婚で、北里は敵を作りましてね。僕も詳しいことは知りませんが、ずいぶんいざこざがあったようです。あいつは肝の据わった男でしたが、面倒は嫌いだった。僕のところに来て、都落ちをすると言いました。お前はいいが斗満子さんは東京を出たがらないだろうと言うと、当の斗満子さんが言い出したことだというんですね。妙に思ってどこに行くのかと訊いたら」

宮内はふと、芳光を見た。

「君も知っているように、スイスに行くと言い出したんです。何のことはない、お大尽《だいじん》の新婚旅行のようなものです。僕は馬鹿馬鹿しくなって、スイスでもどこでも行っちまえと言いました。

子供は向こうで生まれたそうです。それが、可南子さんでしょう。……失礼」

そこで話を切ると、宮内は懐から煙草《たばこ》を取り出した。おもむろに火をつけて、深く煙を吸う。手振りで芳光にも勧めてくるが、芳光は遠慮した。

「斗満子さんが自殺したと聞いたとき、まさかと思ったのは事実です。言っては悪いが、逆ならわからなくもなかった。斗満子さんの移り気と贅沢《ぜいたく》に悩まされ、北里が追い詰められたというならありそうなことでした。でも死んだのは斗満子さんで、捕まったのは北里だという。学生時代の仲間もその頃はばらばらになっていましたが、悪い話ばかり聞こえてきました。

雑誌やテレビでも、何度も取り上げられました。北里はすっかり犯人扱いでしてね。僕のところにも記者が来たというのは、この時です」

当時のことを思い出すのか、宮内は眉《まゆ》を寄せた。

「取材なんてもんじゃありませんでした。あの手この手で、北里の悪口を言わせようとするんです。何か言えば曲げて書かれるので、最後には相手にもしなくなりました。

……参りました」

　煙草を揉《も》み消し、話を続ける。

「日本に帰ってきたとき、北里の財産はかなり目減りしていたようです。あの伊達男《だておとこ》とは思えないような風体で、ある日、ふらりと僕のところに来ました。いまでもはっきり憶《おぼ》えていますが、にやにやと笑って、抗議に来たと言うんですね。

　雑誌を見せられて、びっくりしました。僕の名前を勝手に出して、会ってもいない相手に言ってもいないことを書かれていたんです。北里は僕に、君だけは信じてくれると思ったのにと言いました。むろん冗談でした。北里は日本での騒ぎに、心底うんざりしていたんでしょう」

「うんざりしていたのに、冗談を言うために来たというんですか」

「そうです。だから僕は嬉《うれ》しかった。北里が変わっていなかったからです」

　宮内は遠くを見るような目をした。

「その晩は、週刊誌のたぐいを肴《さかな》に呑みました。あんなことも書かれてる、あいつがこんなことを言っていると、自分の悪い話を読みながら北里は底抜けに呑んでいました。誰かの書いた記事が、特に気に入らなかったようでしてね。足で踏んだりもしていました。それでいて、笑っているんです。僕も一晩付き合いましたが、あの男の神経の太いのには改めて驚かされましたね。

素面《しらふ》になってからこれからどうするのか訊くと、娘を育てるのに東京では都合が悪いと言っていました。僕のところにも記者が来たぐらいですから、北里の居場所も嗅《か》ぎつけられていたのでしょう。どこかに身を隠して、娘と二人、のんびり暮らすと言っていました。

僕は正直に言って、この誇り高い男にそんなことが出来るのかと疑っていました。ですが北里は、見事にやり通しましたね。『朝霞句会』に小説を送ってくるまで、僕は北里がどこに落ち着いたのかも知りませんでしたよ」

その後、北里参吾は松本で運送会社に入社する。可南子と二人暮らしで働き続け、休みの日には土いじりをして、およそ二十年後、癌《がん》に倒れる。

芳光が訊く。

「どうして北里氏は『アントワープの銃声』との関係をほのめかすような小説を書いたんでしょう。そしてどうして、それを宮内さんに送ってきたんでしょう」

宮内は一つ頷《うなず》いた。

「そう、それを話さないといけません。

北里は、言われ放題のまま済ますような男ではありませんでした。自分を人殺し扱いする世間に何か言ってやりたいと思っていたんです。ただ、表立って反論しても、誰も聞いてくれないでしょう。それにそんなやり方は恰好《かっこう》が悪い。北里には耐えられなかったようです。

可南子さんから手紙をいただいて、あのときのことを思い出しました。北里は、『こうなったら小説でも書くか』と、そんなようなことを言ったんです。実録小説を書いて、世間をあっと言わせてやる、と」

「ですが書かれた小説は、読者の少ない同人誌にそっと載せられただけでした」

「松本に落ち着き、可南子さんが育って、北里はもうスポットライトを浴びる気がなくなったのでしょう。小説に添えられた手紙には、この小説は好きに扱ってくれというようなことが書かれていました」

そこで宮内は、ふと口をつぐんだ。首を傾《かし》げて、

「そういえば、あの手紙もどこかにあるはずです。あんまり手紙は捨てませんから……。もし必要なら探しておきますが、いかがですか」

その手紙には、北里参吾が小説を世に問うことを諦《あきら》めた理由が書かれているはず。芳光は「ぜひ」と答える。用意していたメモ帳を一枚破り、少し考えて、久瀬笙子の住所を書いて渡す。

「さて、僕が知っているのはこのぐらいです。何しろ古い話ですから細かいところは間違っているかもしれませんが、大枠では当たっているはずです。北里の当時の知り合いに会いたいなら、紹介しなくもありません。ただ、もう終わったことですし、あまりつ

ついて欲しくないというのが本音ですが」

そう話を締めくくると、天を仰ぎ、一つ息を吐く。

芳光は頭を下げた。

「ありがとうございます。北里氏のことが少しわかった気がします」

いまの話によれば、叶黒白の小説は、もともと世間への反論だった可能性が高い。それで筆名の由来もわかった気がした。

見つかっている三篇の題名は、それぞれ『奇蹟の娘』『転生の地』『小碑伝来』。捻《ひね》りはなく、内容そのままだ。北里参吾は、そういうところで恰好をつけることはなかった。ならば、筆名もそのままだったのかもしれない。叶黒白。……叶うことなら、白黒をはっきりさせたい。

宮内が優しい顔になる。

「さっき、北里が無分別に金を貸すのが心配だったと言いましたね」

「はい」

「ああは言いましたが、実は僕も、困ったとき北里に助けられたことがあるんです」

照れたような笑みが浮かんでいる。

「僕の祖父は、釣りしのぶの職人でした。君のような若い人は、もう釣りしのぶなど知らないでしょう」

少し考え、芳光は無言でかぶりを振る。

「夏になると、軒から吊るすんです。そう、ぶら下げる盆栽とでも言えばいいかな。もっとも盆栽と違って、針金を軸に苔《こけ》や忍《しの》ぶ草《ぐさ》をあしらったものですがね。祖父は、腕はいいが商売が下手な人だった。ある時、他人の借金の肩代わりをさせられて、首がまわらなくなりました。もちろん僕の一家も苦しくなった。

それを知った北里は、ぶらりと祖父の釣りしのぶを見に行くと、『気に入った』と笑い、相当な高値で買っていきました。おかげでずいぶん助かりました。もっとも、北里は僕に礼など言わせませんでしたが」

「小さなものではないんでしょう」

「ええ。後で人から聞いた話ですが、その頃の北里の下宿には、全部の窓に所狭しと釣りしのぶが下がっていたそうです」

莞爾《かんじ》として微笑《ほほえ》み、宮内はゆったりと腕を組む。

「僕はあの男が好きだった。恩もあります。でも僕は結局、彼の力にはなれなかった。松本に訪ねることも出来たはずなのに、それもしないでいるまま、北里は逝《い》ってしまいました。……後悔しています。それだけに、彼の娘の役に立てるなら嬉しく思います。

他に知りたいことがあったら、いつでも尋ねて来てください。出来るだけのことはしましょう」

芳光はもう一度、深く頭を下げた。

帰りの電車に揺られながら、芳光は参吾と、可南子のことを考えていた。可南子が父親の小説を探す理由がわかった気がした。彼女が何も知らないということはないだろう。父親の容疑、母親の死。「アントワープの銃声」の時点で、可南子は四歳になっている。全てを憶えているとは思えないが、記憶の断片ぐらいは残っていておかしくない。

憶えているからこそ、父親の過去を知ろうとする。古本屋に多額の報酬を約束してまで、断章を求めている。

武蔵野の菅生書店に帰ると、広一郎が先に戻っていた。

今日は店の定休日で、伯父は朝からいなかったはずだ。まだパチンコ屋の閉店には早い時刻。たぶん負けが込んだのだろう。芳光はそっと、自室に戻ろうとする。

その背中に声がかけられた。

「おい」

「……はい」

「花枝《はなえ》さんから電話があったぞ」

広一郎の声は低く、小さかった。

菅生花枝は芳光の母で、掛川《かけがわ》に一人で住んでいる。

「おめえもわかっているだろう。そろそろだ」

「わかってます」

「打ち合わせがあるから、早めに帰って来て欲しいそうだ」

「わかってますが……」

芳光は言葉を濁す。

「本屋で始めたアルバイトで、長い休みがもらえるかどうか」

「おい」

険しい声が飛んだ。顔を上げるが、広一郎は背を向けていて顔は見えない。

「おめえが何かやってるのはわかる。このご時世、アルバイトもさぞ大変だろうな。でもな、あんまり不義理をするなら、おれの家には置いておけねえぞ」

「もちろん、行きます。いちおう喪主だったし。最悪、日帰りのつもりです」

「そうだ。わかってるならいい。おれもおっつけ行くからよ」

テレビをつける。野球を流しているチャンネルに合わせて、それから肩越しに振り返る。

「なあ。出来れば早めに帰ってやれ。この店のことは気にしなくていい。あのアルバイトの子がいれば、何とかまわっていく」

そう言った広一郎の眉が、強く寄った。

「なんて顔してやがる」

「え、顔」

「そんな嫌そうな顔するもんじゃねえよ。親の話だろう」

テレビに向き直り、伯父が呟《つぶや》く。

「花枝さんなあ、泣いてたぞ。寂しいってな」

テレビのそばにカレンダーがかかっている。芳光はふと目をやった。

いつの間にか、一週間後の日付が丸で囲んである。見覚えのある伯父の字で、「一周忌」と書き添えられていた。

第五章　彼自身の断章

ブックスシトーの店長である田口は最初、休みを申し出た芳光にいい顔はしなかった。

「早めに言ってくれたのは助かるけど、いま、ほんと人いないんだよなあ。あっちでもこっちでも仕事がないってニュースばっかなのに、不思議だよね」

閉店後の店内、既に売り場の照明は落としてある。狭い事務室で勤務表を睨《にら》みながら、田口はぶつぶつと呟《つぶや》く。

「まあ、工藤さんにお願いするかなあ。別にいいんだけど、どうしたの？　さぼるタイプじゃないよね、君」

「いえ、さぼるときはさぼりますが、実家に帰る用が出来まして。日帰りで何とかなると思っていたんですが、前の日から行くことになりました」

「ふうん」

そして、さして興味もなさそうに訊《き》いてきた。

「田舎のバアさんでも死んだか？」

「いえ。親父《おやじ》です。一周忌です」

田口の表情に、しまったという色が浮かぶ。しかし口では平然と、

「ふうん、そうなの。ま、みんなそれぞれ大変だ」

と言うだけだった。

菅生書店では、もっと簡単に話が進んだ。芳光から一日余分にアルバイトに来てくれないかと頼むと、笙子はあっさり、「いいよ」と引き受けた。

「それと、もう一つ頼みがある。頼みというと少し違うけど」

笙子は少し声を落とした。

「例の依頼？」

芳光も小さく頷《うなず》く。店には出ていないが、奥には広一郎がいた。

「前に頼んだことだけど、手紙が届くはずなんだ」

「私書箱代わりってことね。わかった。郵便受けには気をつけとくわ」

一周忌の前日に掛川に帰り、当日の夜には戻ってくることにした。東海道本線を使って帰るつもりだった。しかし直前になって広一郎が一万円札をくれた。

「新幹線で帰れ。鈍行でのろのろ帰っちゃ、花枝さんも心配するだろう」

芳光は黙って、頭を下げた。

春は過ぎようとしていた。

芳光が初めて新幹線に乗り東京に出たのは、初春とはいえまだ春には早い二月のこと。受験のためだった。難関に挑み乗り越えた芳光を、両親はこれでもかと祝ってくれた。次は春の盛りだった。大学へ進む芳光を、母が駅まで送ってくれた。父は仕事があるといって、玄関先までも来てはくれなかった。

三度目はちょうど一年前のこと。訃報《ふほう》を聞き、取るものも取りあえず駆けつけた。車窓から太平洋が見える。空の色は濃さを増して、雲一つない。見通しがよくすっきりとした景色だ。しかし掛川に着くと、雨が降っていた。

実家には到着の時間を知らせていない。迎えを探すこともなく、芳光はバス停に立つ。東京よりは暖かな土地のはずなのに、傘と鞄《かばん》を持ち立ち尽くすと、まだ寒さも残っている気がした。

バスに乗り込み、自宅へと向かう。乗客はほとんどいない。新幹線を使ったとはいえ移動の疲れが残っているのか、バスのエンジンの振動が、少し胃につらいようだった。

生まれ育った町並みに、桜を見つける。盛りは過ぎて、落ちた花びらが雨に打たれアスファルトにへばりついている。そのそばでは、もう紫陽花《あじさい》のつぼみが見えて、芳光はそっと視線を外した。

バスで二十分。降りてから十分も歩けば、シャッターを閉めた小さな工場が見えてくる。もう機械も売り払ったのに「菅生加工」の看板だけは残っていて、錆《さ》びの浮いた字を晒《さら》している。玄関の鍵《かぎ》はかかっていない。「盗まれる物なんかないから」と、母はいつも鍵をかけない。

「ただいま」

と声をかけると、暗い廊下の奥から、悲鳴のような声が聞こえた。

「おお……。芳光か?」

どたどたと足音を立てて花枝が飛び出してくる。靴も履かずに玄関に下りると、芳光にしがみついた。

「お前、何の連絡もなしに……。よく来たよ。ほんとに、よく帰ってきてくれたよ。こんな雨で大変だったねえ。元気にしてたのか?」

抱きついたまま、肩越しに何度も芳光の背中を叩《たた》く。

「迎えに来させちゃ悪いと思って」

「そんなこと気にしなくていいんだよ、馬鹿なこと」

「いいから、上がらせてくれよ。靴が濡《ぬ》れてるんだ」

そう頼んでようやく、花枝が腕をほどく。靴を脱いで上がり込むと、芳光は家の奥に目をやった。少し埃臭《ほこりくさ》いだけで、芳光が最後にこの家を出てから、何も変わってない気がした。

「何か明日の準備をしてると思ったけど」

「準備なんてないよ」

「法事は経験がなくて。一周忌って、何をするんだよ」

「お坊さんを呼んで、話を聞くだけだよ。区長さんがいろいろ世話してくれるから、何もしなくていいんだよ」

「……やることはないのか」

そう呟き、芳光は黙り込む。花枝は慌てたように言った。

「でも、お前がいてくれれば安心だ。そりゃあ全然違うよ。さあさ、着替えておいで。そんな濡れたままじゃ風邪《かぜ》を引くよ。お前の部屋、綺麗《きれい》にしておいたから。部屋着もあるよ」

追い立てられて二階へと上がる。自室の襖《ふすま》に手をかけて、引き手の金具まで磨き上げられているのに気づいた。

部屋の三面は本棚で占められて、芳光が好きだった小説や紀行文や伝記、漫画、高校まで使っていた参考書の類《たぐい》で埋まっている。部屋の明かりを点けずに着替え、居間へと下りていくと、花枝が茶を淹《い》れたところだった。

座卓の周りに二つの座布団が敷かれている。テレビを正面で見られる席に置いてあった座布団を、芳光は別の席へと移し、座る。それを見ていた花枝がどこか寂しそうに、

「そんなの、もう気にしなくていいのに」

と言った。

「まあ、いちおう」

テレビの正面にはいつも父が座っていた。まだ遠慮がある。

茶を注ぎ、花枝がそっと湯呑《ゆの》みを差し出してくる。小さく頭を下げると、ひどく他人行儀な気がした。

一言一言、ぽつりぽつりと言葉が交わされる。

「伯父さんは、一緒じゃなかったのかい」

「明日来るって」

「お前はいつまでいられるんだい」

「明日、伯父さんと一緒に帰るよ。アルバイトがあるんだ」

「一日だけだなんて。たまに帰って来たんじゃないの。もうちょっといるわけにはいかないの」

「迷惑をかけるわけにはいかないよ」

「……そりゃあ、無理にとは言えないけど」

やりとりが途切れれば、お互いに俯《うつむ》く重苦しい沈黙だけが残る。雨音と、古くなった壁掛け時計が秒針を刻む音だけが響く。手をつけられないまま、茶は冷えていく。

耐えきれなくなったのは、花枝の方だった。

「ねえ芳光。あんた、大変だったろう。この一年、本当に大変だったろう」

「いや……。別に」

ぼそりと答える言葉が聞こえなかったかのように、花枝は堰《せき》を切ったように喋《しやべ》りだす。

「しなくてもいい苦労をさせて。お前の気持ちもわかるし、母さんも応援してあげたいんだよ。でもねえ、家にはもう、お金はないし」

「だから、金のことは自分で何とかするって言ってるし、現にいろいろやってるんだ」

言い返す言葉も歯切れが悪い。

「……伯父さんの家に住まわせてもらってるのは、そりゃ、体裁も悪いけど」

「伯父さんはそんなこと気にしないよ。無口な人だけど、母さんには、お前がいてくれて助かるとも言ってくれてるんだ。だけどね、もうそろそろ見切りをつけて、やり直しのきく間に帰ってきて、母さんを安心させてくれないか？　今度の一周忌だって、区長さんたちは嫌な顔ひとつしないけど、なんとなく肩身が狭くって」

「肩身の狭い思いをさせたなら、悪いと思ってる」

花枝はかぶりを振った。

「そんなことはいいのよ。そんなことはなんでもない」

「お金の話でもないし、世間体の話でもないなら、何を言いたいんだよ」

「だから」

消え入りそうな声で、花枝は言う。

「帰ってきてほしいんだよ。一人じゃこの家、広いんだよ」

洟《はな》をぐずつかせると、無理矢理に明るい声を出す。

「明日帰らなきゃいけないのはわかったから、それはしょうがないことだから、また近いうちに戻っておいで。その時、これからのことも話そうね」

芳光は湯呑みに手を当て、小さく頷いた。

「わかった。考えてみるよ」


その夜。雨は降り止《や》まず、屋根をたたく音は大きくなるばかりだった。

わずかに開いたカーテンの隙間《すきま》から、街灯の明かりが漏れ入ってくる。立ち上がり窓際に立つと、ほとんど花を散らした桜が目に入ってきて、芳光は目を逸《そ》らした。

彼は花が嫌いだった。

梅が咲けば、去年の梅が咲いてから一年が経《た》ったことを思い知らされる。

桜が咲けば、去年の桜が咲いてから一年が経ったことを思い知らされる。

花が咲けば、どうにもならないまままだ過ぎて行った時間のことを、無理にも思い知らされる。だから彼は花が嫌いだった。このまま紫陽花が咲き、向日葵《ひまわり》が咲き、彼岸花が咲くのかと思うと、暗い淵《ふち》に立たされているような心持ちがするのだ。

背の高い本棚に囲まれ、明かりもつけず六畳間の真ん中で、彼は立ち尽くす。

北里可南子は、おそらく、父親の追想のために五つの断章を探している。芳光は金を約束され、それを手伝っている。

可南子の物語はこうだ。癌《がん》に倒れた父親、参吾の遺品を整理していた可南子は、参吾がかつて小説を書いたことを知る。彼女は、あるいは参吾の過去を知っていたかもしれない。彼は朝鮮特需で金持ちになった一家の息子であり、東京で浮き名を流した男であった。男たちから熱い視線を送られていた女優を射止めるも、日本にはいづらくなってスイスで結婚生活を営んだ。ある日、出かけた先のアントワープで何かがあって、妻は死んだ。帰国した参吾は妻殺しの疑いをかけられ、松本に移り住み、そこで静かに娘を育てて死んだ。その間、五つの小説を書いたことを娘には明かすことなく。

生家の自室で一人となって、菅生芳光は、彼自身の物語を追想する。

芳光の父、秋芳《あきよし》は、祖父から継いだ金属加工の工場を営んでいた。花枝とは、地元の銀行の役員に紹介された見合いで結婚した。仕事は主に、別の町工場で鋳造された金属の板をフライス盤と旋盤で削りあげ、自動車のドアに作り上げること。取引先がいくつあったのか、芳光は聞いたことがなかった。

芳光が成長し、進学先として法学部を選んだ時、父はいい顔をしなかった。しかし強いて止めもしなかった。ただ、

「やるなら民法にしておけ」

と言った。

後から母に聞いたところによると、まだ芳光が物心つく前、父は友人の借金に巻き込まれ苦労をしたことがあるという。

「お父さんは、法律のことを知らずに騙《だま》されたのが口惜《くや》しかったのよ。あんたが法律を勉強するのは、喜んでると思うよ」

芳光は精励の末、目指す大学に入学した。

世は好景気に沸き、菅生加工も増産に次ぐ増産で、相当に忙しかったらしい。そのころ父はプレス機を導入した。これがあれば仕事の幅がぐんと広がる。高い買い物だったが、将来を見越しての投資だったという。

芳光は大学でもよく勉強したが、同じぐらいよく遊んだ。サークルで仲間を作り、ゼミで恋人を見つけ、麻雀《マージャン》を覚えてしばしば徹夜した。

そして一つの時代が終わる。

納入されたプレス機に動力を供給する間もなく、父は金策に駆けずりまわることにな

った。仕事がなくなったのだ。煙のようにすべてが消えてしまった。芳光はそのころ東京にいたので、前後の詳しい事情は聞いていない。しかし話を総合するとどうやら、到底見込みのない相手に無心に行って、相手に付き合って深酒した揚句、酒酔い運転で川に突っ込んだらしい。

生命保険が下りて借金はほぼ片づいた。工場の機械に買い手がついて、差し引きすると少しの金が手元に残った。しかし菅生家は生活の手段を失った。母は静かになった工場兼自宅で一人で暮らし、芳光は学費と生活費を払いきれず大学を休学し、伯父の世話になっている。友達も恋人も、彼から離れていった。彼自身も、大学時代の仲間と連絡を取ることは出来なかった。せめて復学するまでは。そして降って湧《わ》いたような可南子の依頼に飛びつき、伯父の仕事を横取りし、他人の父親の物語を追っている。

これが彼自身の物語。

北里参吾の物語に、教授は軽蔑《けいべつ》を、俳人は懐旧の情を表した。その前半生のため、彼の生と死は麗々しく飾られて、追想されるに足る色鮮やかなものとなった。

そして芳光は暗闇《くらやみ》の中で、自身にも自身の父にも、物語が存在しないことをあらためて噛《か》みしめる。不況の波に抗《あらが》う生活。目下の最大の問題は、帰ってきてほしい母と帰りたくない息子の、腹の探り合い。場面場面は恐ろしく緊迫するが、そこには一片の物語も存しない。

物語がないのは父や自分だけではない。伯父は妻を病気で亡くしてから、店を売るように迫られた。武蔵野の菅生書店は幹線道路に面していて、使い甲斐《がい》のある土地だった。坪単価は毎日のように上がり、店を訪れる不動産屋は懐柔と脅迫を織り交ぜた。妻との思い出のために店を守り続けていた伯父が、ようやく大金に目が眩《くら》みだした頃、バブルが崩壊した。残ったのは、店を閉じる気になった初老の男が一人だけ。

父親の一周忌を翌日に控え、芳光は泣いた。

いったい、人間の生き死にに上下があるのだろうか。一篇《ぺん》あたり十万円の金で他人の物語を探す間に、花の季節は移り変わっていく。どうしてこんなことになってしまったのだろう。

ひどい虚《むな》しさが胸を覆っていく。雨音だけがうるさい夜だった。

翌日、母の車で掛川駅まで伯父を迎えに行った。

伯父は芳光を見ると、

「ひでえ顔してやがる」

と呟いた。

第六章　暗い隧道

1

　本当に今日帰らなきゃいけないのか、せめてもう一日残ってちょうだいと未練がましく引き止める声を後に、法話が終わるとすぐ、芳光は伯父と生家を出た。

　掛川駅まではバスで。「こだま」で東京駅まで戻り、中央線に乗り換える。道中、芳光も広一郎も、ろくに口を利かなかった。熱海を過ぎたあたりで広一郎がぽつりと「集まりの悪い一周忌だったな」と言い、芳光が「仕方ないですね」と返したのだけが、唯一の会話らしい会話だった。武蔵野に帰り着く頃には夜も更けて、夏が近い生暖かい風が吹いていた。

　翌日。近くの中華料理屋で昼を済ませた芳光が戻ると、店には久瀬笙子しかいなかった。ただいまと言うのも筋が違う気がして、素っ気なく訊《き》く。

「伯父さんは」

笙子もまた、にこりともしない。

「仕入れ」

「午前中までそんな話はなかっただろ」

「本当よ。横浜で引っ越す人がいるんだって」

芳光は適当に相槌《あいづち》をうつ。

「法事だったってね。大変だったでしょ」

訊かれれば、たった一年ですっかり愚痴っぽくなった母を思い出す。楽しい帰郷にはならないとわかっていたが、思ったよりも気疲れが多かった。

「別に、何も。坊さんと区長が全部やってくれたよ。暇を潰《つぶ》すのだけが大変だった」

「ふうん。そうなんだ」

自分から訊いていながら、笙子の返事には気がない。おもむろにエプロンのポケットから茶封筒をつまみ上げ、差し出してくる。

「これ、宮内って人から芳光くん宛《あ》てに。今朝届いたわ。あの仕事のことだと思ったから、中は見た。ごめんね」

封筒は丁寧に鋏《はさみ》で開封されている。

「こっちこそ、面倒なことを頼んだな」

と謝ると、笙子は含みのある表情で呟《つぶや》いた。

「そんなことは、いいんだけど」

封筒には二種類の便箋《びんせん》が入っていた。罫線《けいせん》の入った真新しいものが二枚、古びた和紙のものが十枚近く。ざっと見ると、どちらも縦書きだった。

最初の二枚が宮内からだった。時候の挨拶《あいさつ》も礼儀にかなない、文字もさすがに俳人らしく、美しく流れている。


さて、先日お話しいたしました北里君からの手紙、見つかりましたのでお送りいたします。北里君がその内心を私に打ち明けたのは、おそらくこの手紙が最初で最後だったでしょう。

かくも痛切な手紙を受け取っておりながら、菅生様のご訪問があるまですっかり忘れてしまっていたのですから、我が事ながら人の心は無情で、時が経《た》つのは酷なものです。あの北里君が既にこの世の人ではなく、可南子さんがああして美しく成長なさったことを思うと、十数年前の手紙を読み返すにも感に堪えませんでした。本人はあれこれ理由をつけていますが、要するに彼はやはり、片言隻句《へんげんせっく》なりと反論せずにはいられなかったのでしょう。

お約束どおりにこの手紙は同封いたしますが、私としても今後、北里君を偲《しの》ぶよすがにしたく思います。勝手を申しますが、ご用が済みましたらお戻しいただければ幸いです。


和紙の便箋が、北里参吾からの手紙なのだろう。手紙を封筒に戻す。目を上げると、笙子がレジの横で頬杖《ほおづえ》をついて、じっとこちらを見ていた。

「読まないの?」

「後でゆっくり」

「そう、それがいいかもね」

いい加減に言って、まだこちらを見ている。

「何か気に障ったかな」

笙子は少し首を傾《かし》げる。

「そうかもしれないけど、こっちも悪かったなって気持ちもある」

「やっぱり住所のこと」

「それはいいんだってば」

頬杖のまま、笙子は浅い溜《た》め息《いき》をつく。

「あのさ。いきなりで悪いんだけど、わたし降りるわ」

「え?」

「叶黒白の小説探し。やめる」

とっくに心は決めていた。そういう感じだった。心当たりはなくもなかった。

「蚊帳《かや》の外にしたつもりはなかったんだけどな」

「ないってことないでしょ。助けがいらなくなったら、話もしてくれなかったのに」

「確かに、宮内さんから聞いた話は伝えてなかった。でもそれは法事があったから」

「それがなかったら、話してくれていた？　図書館で調べものしてる間、何も教えてくれなかったのに」

芳光は口を閉じた。引き止める言葉も、理由もないとわかったからだった。

ゆっくりと、笙子が頬杖を外す。

「あ、でも勘違いしてほしくないんだけど、責めるとかそういうんじゃないから。手紙読んだって言ったでしょ。そうしたら、何となくわかったんだよね」

その表情がふと冷める。

「芳光くんはそうとう真剣だろうし、依頼人もそうなんだろうね。昔の話まで出てきて、何だか厄介みたいだし。それなのにわたしだけ、アルバイトの延長で考えてた。靴が欲しいなって思ってただけ。だから、わたしも悪かったなって思う」

そして、ふいと視線を外す。

笙子との間にわずかに感じた共犯者意識は、もうどこにもない。残り少ないセロファンテープを取り替え始めた笙子が、思い出したように付け加えた。

「それに、ここ辞めるし。卒論はだいたいまとまったけど、就職活動、上手《うま》くいかないんだ」

玄関の引き戸を強く閉める音が聞こえ、それで伯父が帰ってきたことがわかった。時計を見ると、九時をまわっていた。

広一郎が仕事でこの時間になることはなかった。横浜に仕入れだと聞いたが、電車で行ったのか車で行ったのか。もし車なら、仕入れた本をたっぷり積んできたのかもしれない。そうなら荷下ろしを手伝わなければならないが、芳光の目は北里参吾の手紙から離れない。

道具は万年筆。文字を書き慣れた人の、ほどほどに崩れた字だった。

前略
逼塞《ひっそく》からこちら、碌《ろく》な連絡もせず失礼した。この僕が山国の暮らしに慣れるものか疑っていたが、やはり古人の言葉には含蓄《がんちく》がある。棲《す》めば都とはよく言ったものだ。この夏、僕が胡瓜《きゅうり》の出来ばかりを気にして過ごしたと書けば、君は笑うだろうか。いやしかし、口車の通じぬ相手はなかなかに難しい。

さて、ただ久闊《きゅうかつ》を叙し、僕のささやかな菜園を自慢するために手紙を送ったわけではない。同封した掌篇《しょうへん》に、君は先に目を通したのではないだろうか。

凡《およ》そ、人は他人の事情など速やかに忘れてしまうものだ。ましてや確か、あの日は君も僕もしたたかに酔っていた。君はもしかしたら、どうして僕がこのような戯作を書いたのか、わかっていないかもしれない。

全《すべ》ては僕の自尊心の故だ。僕の強すぎる自尊心は、僕をして斗満子と結婚せしめ、数年に及ぶ海外生活を強いた。斗満子の事も、結局は同じ理由からもたらされたのだと、今になって思う。

しかし、もしそうであったとしても、我々のスイスでの数年間を嘲弄《ちょうろう》される謂《い》われはない。我々があの美しい地でどのように家庭を営んだか、いったい誰が知るというのか。まして僕や斗満子の胸の内などまで。

一方、ベルギーで起きたことは明白だ。斗満子はもう戻らない。ベルギーの警察の振る舞いが紳士的だったとは決して思わないが、僕のフランス語が理解するところによれば、彼らも最後にはあの逮捕が不当なものだったと認めた。いや、君にも詳しい話はしていなかったと思うが、そもそも僕は警官に話を聞かれただけだ。おそらく逮捕すらされていなかった。

そうして戻った母国で、僕が受けた侮辱の数々を君は憶《おぼ》えているか。斯《か》く有ったということと斯く有って欲しいということ、あまつさえ斯く有れば面白いということすら混同した連中が、僕を悪鬼だと公然と指弾した。あの時分、僕はなんと愚か者ののさばる国に帰ってしまったのかと暗然としていた。何がアントワープの銃声だ、賢《さか》しらにも程がある。かつての僕であれば斜に構えて憎まれ口のひとつも叩《たた》いたろうが、僕の手には可南子がいた。僕は黙った。僕は、堪忍《かんにん》という日本的美徳を習得したのだ。

彼らは僕の沈黙を、疚《やま》しさの表れと書いた。僕が好きなある作家によれば、黙殺しようが反論しようが、中傷はスペイン風邪《かぜ》のように広がっていくそうだ。

しかし僕は好んで黙殺を選んだのではない。そうせざるを得なかっただけのことだ。しかしその沈黙さえもあげつらわれる馬鹿馬鹿しさに僕の誇りは耐えきれなかった。何も言わず、且《か》つ広く主張する。この命題を解くため、僕は深志《ふかし》の地で拙《つたな》い筆を執った。そうでもせねば、僕は発作的に叫びだし、僕にただ一つ残された可南子さえ抛《なげう》って狂気の世界に逃げ込んでしまいかねぬ。君が興趣のために駄句を捻《ひね》るのとは話が違う。僕は書かねばならず、五つの断章に無限の軽蔑《けいべつ》を込めて、一字一字を綴《つづ》ったのだ。

もちろん、広く世に問うつもりだった。僕を殺人者に比定した一億人を挑発するつもりで書いた。おそらく最初は、あの一件に扇情的な名をつけた男に送りつけるつもりだった。弦巻《つるまき》といったと思う。

ああ、しかし僕はその男に一篇を送ったのみである。思いの丈の五分の一とはいえ、君の『朝霞句会』なぞに送っては読者は一億の十万分の一にも届かぬ。この矛盾は説明せねばなるまい。

むろん、全ての答えは可南子だ。僕が僕の自尊心のため真実を告白したとする。おそらく僕を取り巻く状況は何一つ変わらぬにしても、僕の溜飲《りゅういん》だけは大いに下がるだろう。今はそれでいい。しかし将来はどうか。可南子の将来に、僕のくだくだしい愚痴は影を落とさぬだろうか。長い月日の後、僕の一篇の小説が、過去を掘り返し可南子をも貶《おとし》めることにはならないだろうか。

君には正直なところを告げておく。というより、今の僕には君の他に告白する相手を持たぬ。

スイスにあって可南子は、邪魔者とは言わぬまでも、どうにも始末に困る存在だった。僕は口車の通じぬ相手は得意ではないのだ。可南子は僕の人生を大いに束縛した。それが人の親になるということだ。それは了解する。が、だからといって、それが快いというものではない。母を失った不憫《ふびん》な子だと思えばこそ、せめて母語で育てようと僕は日本に戻って来た。しかしその後の辱《はずかし》めを思えば、何のための我慢かと懊悩《おうのう》したのも当然ではないか。

しかし宮内君。全ての事情は変わったのだ。

このあばら屋にあって、可南子はただ僕だけを頼っている。人は誰かに頼られたとき、まさに一箇の人となる。僕は我が身の不運をではなく、可南子から母を奪った運命をこそ憎むようになった。さればこそ、現在の己の鬱憤《うっぷん》を晴らすのではなく、未来の可南子に禍根を残さぬことを願うべきなのだ。

僕は己の掌篇を捨てねばならぬ。そう思い、僕は自分の菜園の片隅に焚《た》き火《び》を設けた。原稿用紙の束を投げ込んで、あの事件の全てを引き受け、死ぬまでの沈黙を誓うつもりだった。本当にそうするつもりだった。

だが笑うべし、僕にはそれが叶《かな》わなかった。どうしてもその紙屑《かみくず》を焼き捨てることが出来なかった。事ここに至っても北里参吾は無用の自尊心を捨てきれぬのかと、僕はほとほと呆《あき》れ果てた。しかしまあ、別の言い抜けもある。君とおっつかっつのヘボ俳人が、五七五で語り得ずに心血を注いだ苦心の作。ただ焼くのが勿体《もったい》なかったのだと思えば気も軽い。

僕が君に小説を送る理由は、おおよそこんなところだ。

送るに当たっては結末を抜いておいた。これでは意味を成さぬと思ったが、考えてみれば世にはリドルストーリーという言葉もある。これはそれなのだと考えてくれればいい。もとより、これが君の雑誌の風に合わぬということなら、捨ててくれて構わぬ。むしろその方が、僕は嬉《うれ》しいのかも知れぬ。

もし載せるというのなら、筆名は叶黒白とでもしておいてくれ。

不一

北里参吾

宮内君

一度読み通し、ふっと息を吐いて、もう一度最初から読み直す。

元通り丁寧に便箋を折りたたみ、封筒に差し込む。宮内がコピーではなく実物を送ってきた理由がわかる。古びた紙の色と質感が、過ぎた歳月を否応《いやおう》なく思い起こさせる。父のことを知ろうとする可南子にとって、この手紙は嬉しい発見になるだろう。もしかしたら、五篇の断章をすべて集めるよりもなお、役に立つかもしれない。

ふと、このまま可南子に転送していいものかと思う。手紙には参吾の心情が、おそらく包み隠さず書かれている。撤回しているとはいえ、邪魔者だったとはっきり書かれているのを見て、可南子は悲しまないだろうか。隠しておくのも優しさなのではないか。

……しかし芳光は頭を振り、すぐにその考えを捨てる。可南子が何を知るべきで何を知るべきでないか、決めるのは自分ではない。

手紙に書かれた「アントワープの銃声」報道を、芳光はすでに目にしている。

図書館で見つけた当時の雑誌。北里参吾を名指しで非難し、彼の過去の乱行を暴き立て、ベルギー警察の無能を誹《そし》り、この世には正義はないのかとひたすらに嘆いてみせていた。参吾が妻を殺したことは既に事実であり、問題は法的手続の不備のみにあると言わんばかりの記事が連なっていた。

参吾は黙っていた。

黙っていたが、小説を残した。

喉《のど》の渇きを覚え、部屋を出る。台所で水道水を湯呑《ゆの》みに取って、口を潤す。

居間からは明かりが漏れている。いつもなら何かしらテレビの音も聞こえるのに、今日は静かだ。明かりの消し忘れかと思いそっと襖《ふすま》を開けると、広一郎が背中を丸めて本を開いていた。黒縁の眼鏡をかけて、読むというより頁《ページ》の傷みを確認しているのか、ぱらぱらとめくっていく。畳の上には、今日仕入れたものらしい本が一山。二十冊まではないだろう。

店では数万冊の本が読まれることを待っている。

その一冊一冊の背後に、あるいは参吾のような物語があるのだろう。

手紙から新たにわかったことがある。

ひとつは、叶黒白の小説はたしかに、「アントワープの銃声」を受けて書かれたものだということ。より正しくは、その一件で北里参吾が犯人と指弾されたことを受けて書かれたのだということ。宮内の言葉は裏づけられた。

もうひとつは、あれらは最初からリドルストーリーだったのではないということ。可南子と話したときは、結末を用意しておいた叶黒白を真面目な作家だと言った。しかし小説には元々結末があり、いったん書き上げた後、宮内に送る段になってリドルストーリーに変えられたのだという。手紙には「結末を抜いておいた」とだけ簡単に書かれていたが、最後の一行を削ったら偶然それらしくなったというわけではないだろう。おそらく、全体を書き直さねばならなかったに違いない。それだけの手間をかけてでも、北里参吾は結末を隠すことを選んだ。

しかし最も重要なのは、もちろん、小説の送り先が一つ明らかになったことだった。ベルギーの事件を「アントワープの銃声」と名付けた記者。参吾は彼に、五篇のうち一篇を送っている。名は弦巻。たしかに、どこかで見た名前だという気がした。

しかしこれだけの情報を得ていながら、芳光が四篇目を手にするまでには思わぬ時間がかかった。

彼はまず図書館を訪ね、雑誌記事の中に弦巻の名を探した。ものの一時間ほどで、弦巻彰男《あきお》という名前と、彼が記事を書いた雑誌『深層』の号数を得る。その情報を元に、出版社に電話をかける。しかしここで躓《つまず》いた。

芳光は菅生書店とブックスシトーで働いているが、これまで出版社に電話をかける機会はなかった。もう少し丁寧な応対をしてもらえると思っていたが、受付を経て繋《つな》がった『深層』編集部で電話に出たのは、口ぶりのひどくぞんざいな男だった。

『はい、「深層」編集部』

電話は公衆電話からかけた。緑の電話機は薄汚れ、用件が思うように行かなかった誰かが怒りをぶつけたのか、掻《か》き傷のようなものもついている。ボックスの中にはアダルトショップやキャバレーの広告チラシがべたべたと貼《は》られ、気のせいか異臭さえするようだ。

芳光は、努めて平板に尋ねた。

「お忙しいところすみません。貴誌を読ませていただいた、菅生と申します」

『ああ、それはどうも』

「あの。記者の弦巻彰男さん、いらっしゃいますか」

『弦巻？　誰かな。知らないですけどね』

面倒がっているのか、それとも疲れて気が遣えなくなっているのか。よく聞けば、電話の声は若かった。

手元のノートを見ながら、重ねて訊いていく。

「貴誌で、昭和四十六年に署名記事を書かれているんですが」

『昭和四十六年ですか』

笑いを含んだ声だった。

『そりゃ知りませんよ。僕は小学生だ』

「もう、御社には在籍していらっしゃらないんですか」

『うちの編集部にはね。そういうことなら、代表番号でどうぞ』

古い話ではあるので、芳光も弦巻がまだ現役だとは最初から思っていなかった。食い下がる。

「昔のことに詳しい方は、いらっしゃいませんか」

『そう言われてもね。あんた誰です』

「ですから、記事を読んだ菅生と」

『弦巻って人の知り合いって訳じゃないんでしょ。うちを頼られても困るんですよ』

語尾に嫌みを漂わせて、そう言われる。無意識に芳光の指が動き、ポケットの硬貨を摑《つか》む。もう話は続かないと思い、手が迷う。それでも万が一に期待して十円継ぎ足すと、受話器の向こうで動きがあった。弦巻がどうした、と声が聞こえてくる。電話の男がせせら笑うように『おかしな電話ですよ』と言っている。何か硬いノイズが耳を打ち、電話の相手が替わった。

『すみません。お電話替わりました。部長の磯崎です。弦巻がどうかしましたか』

最初の男よりは丁寧だが、それでも少し崩れた感じは拭《ぬぐ》えない。芳光は声を励ました。

「弦巻さんが昭和四十六年に書かれた、『アントワープの銃声』の記事を拝読しました。是非、当時のお話を伺いたいんです」

『ははあ』

磯崎と名乗った男は何も尋ねはしなかった。無駄なことは一切言わず、あっさり告げる。

『それは無理ですね。弦巻は亡くなりました』

北里参吾が死去していることを思えば、もしかしたら、という考えはあった。覚悟があった分、芳光が気を取り直すのも早かった。

「そうですか。残念です。では、ご遺族の方は」

『そこまでは、お電話ではお答えできません』

「ごもっともですが……」

しかし磯崎は言葉を継ぐ。

『というのが普通ですが、弦巻の場合は別です。独身でしたので、生前親しかった遺族というのはいないと思いますよ。少なくとも私は知りません』

「そうなんですか」

『ご用件がお済みでしたら、これで』

「あ、はい。ありがとうございました」

釣り込まれてそう礼を言うと、一秒を惜しむように電話はすぐにも切られてしまう。公衆電話から、十円玉は戻って来なかった。芳光はしばし、受話器を耳に当てたまま立ち尽くしていた。

四つ目の掌篇を追う糸は、辿《たど》る間もなくぷっつりと途切れてしまった。

二十年前に届けられた掌篇を、個人がきちんと保存している保証はない。それでも北里参吾が弦巻彰男に送ったことがはっきりしている以上、彼に求めるしかない。だが故人で独身だったとなれば、手の打ちようがなかった。

十日が経ち、二十日が経ち、いつ時が過ぎたともわからないままに一ヶ月が過ぎる。街角に咲く紫陽花《あじさい》を、芳光はできるだけ見ないようにしていた。

物事が順調に進んでいる間は、一人でもどうにか出来るような気になる。躓いてはじめて、何の役にも立たないとしても、話す相手が欲しくなる。しかし久瀬笙子はもういない。

行き詰まりをどう打ち破るか、これといった考えはどうしても浮かんでこない。じめじめとした季節が過ぎ、太陽の光が肌に刺さるように感じられ始めた、ある日のことだった。

深夜の、ブックストアでのアルバイト。夏に入り日が長くなり、零時の閉店間際まで忙しいことが増えていた。しかしその日に限って客足が途絶え、店には有線放送の音楽だけが虚《むな》しく流れていた。

芳光が任せられている仕事のひとつに、スリップの整理がある。本に挟まっている短冊状の紙きれで、売上を把握する。溜まったスリップに書かれた書名を見て、学習参考書や実用書、コミックなどといった幾つかの分野に従って仕分けしていく。無数の書名を目にしていくのは多少の面白みもあったが、慣れてくれば単純作業になる。

スリップの枚数は、いつもより少なかった。予定よりも早く整理が終わり、閉店まで時間が空いた。芳光はレジに備え付けのメモにボールペンを走らせた。

書いた名前は「叶黒白」「北里参吾」「北里斗満子」「北里可南子」、そして「弦巻彰男」。少なからずぼんやりしていたのか、背後に田口が立ったことに気づかなかった。

「珍しい名前だな。客注が入ったのか」

声をかけられ振り返る。

「いえ、違いますが」

と素っ気なく答え、メモを破り捨てようと手を伸ばす。ふと思いついて、何気なく尋ねた。

「ご存じの作家ですか」

「ほとんど知らないな。というか、作家なのか」

「いえ、違います。同じ苗字《みょうじ》が三つ並んでいれば、家族にしか見えませんね」

しかし田口は怪訝《けげん》そうな顔をした。

「そりゃそうだ。俺が言ってるのは、この弦巻ってやつだよ。昔、ショートショートがはやった頃、便乗本を出してたな。読んだけど、つまらなかったよ」

芳光は少し考えた。もう一度店を見まわすが、やはり客はいない。

「この人、雑誌の記者かライターだったんですが」

「ふうん。便乗本を出すわけだな」

「ちょっとこの人の情報を集めてるんですが、もう亡くなってるんです。本はその一冊しか出さなかったんですかね」

「さあ。巻末を見れば、書誌情報があったかもしれん」

弦巻がたとえば「アントワープの銃声」の本を書いていれば、何かの参考資料として参吾の断章を載せたかもしれない。ほとんどありそうもない希望だと自覚はしていても、それに縋《すが》りつくしかない。深夜勤務の眠気も吹き飛んだ。

「あの。その本、まだ持ってますか」

田口は首を傾げた。

「どうかな。ショートショートだったら全部買ってた時期があったからなあ、持ってはいたと思うんだけど。まあ、探してみるよ」

「書名がわかれば、図書館で探します」

「文庫本だぞ。図書館にあるかな。それに、題名までは忘れたよ」

最後は言葉を濁すと、田口はひとつ手を打った。

「さ、それより、もう閉店だ。レジを閉めてくれ」


一週間後。田口はブックスシトーに、古びた文庫本を持ってきた。本の題名は『弦巻アキラのショート小説劇場』。アキラと彰男では名前が違うが、著者紹介を見れば「弦巻彰男の名でノンフィクションの著書多数」とあった。

本を渡すとき、田口は何度も、

「言っておくが、いいものはほとんどなかったぞ」

と念を押した。

初版発行は昭和五十三年。『朝霞句会』に叶黒白の掌篇が載ったのが昭和五十年なので、少し年月に開きがある。

自室の暗い電灯の下。蒸し暑い夜だった。窓を開け風を入れ、芳光はその古い文庫本を開く。期待していた書誌情報は見あたらない。その代わり、初出一覧が載せられていた。ほとんどが書き下ろしで、数少ない雑誌掲載作品も昭和五十二年に集中している。

ただ、一篇だけが昭和四十九年に発表されていた。

芳光は何の気なしに、その作品の頁《ページ》を開く。題は、『暗い隧道《ずいどう》』。最初の一行で、芳光の背にぴりりとしたものが走る。

書き出しにはこうあった。

「嘗《かつ》て南米を旅行した折、ボリビアのポトシという街で、奇妙な話を聞いた。」

2

暗い隧道

嘗て南米を旅行した折、ボリビアのポトシという街で、奇妙な話を聞いた。よんどころない事情で借財をした男が、何とかそれを済《な》してしまうだけの金を用立てたはいいが、届くはずの金がまだ届かぬという。山ひとつ越えた集落から妻と娘が金を持って来る約束だが、前日の夕方には着くはずが夜が明けてもまだ見えぬ。当日六時きっかりに返済の期限が切れれば、財産は哀れことごとく差し押さえとなる成り行き。妻子の安否と破産の危機と、のっぴきならない大問題二つに、さしも豪毅《ごうき》な南米の男もすっかり顔色を失っていた。

男が駆け込んだのが私の宿で、どうやら宿の主人は男の友らしい。朝の目覚ましにマテ茶を呑んでいた私のそばで、こんな話をしていた。

「俺が間違っていた。あの二人になにかあったら、金などあっても意味がない」

「峠越えだろう。時間はかかるが、危ない道じゃない。だが、怪我《けが》でもしたのかもしれない。一緒に行こう、探そう」

「いや、それが違う。二人は峠からは来ない」

「峠でない。するとまさか」

男は不承不承に頷《うなず》いた。

「そうだ。隧道を抜けろと言った。最近、峠に賊が出ると聞いたから」

途端、宿の主人の顔が、朱を注いだようになった。

「ああ、お前はなんと馬鹿なんだ。出るかどうかも知れぬ賊を危ぶんで、妻子をむざむざ死地にやるとは。それは二人では足りない、街の連中を呼んでくる」

宿の主人が飛び出すと、男はふらふらと手近の椅子に座り込み、頭を抱えて動かなくなった。

　さてこっちの旅程には余裕があるし、話を盗み聞きしておいてこれで失礼というのも、少々情に欠ける。それに何より、名高いボリビアの洞穴を間近に見る好機でもある。やがて結成された捜索隊に、私も加わることにした。宿の主人が恐縮するかと思ったが、

「それはどうも、お客さん」

と別に有り難がるふうもなく助力を受け入れたのが、心なし拍子抜けであった。

　隊の一人がトラックを出して、捜索隊はその荷台に揺られて運ばれることになった。なにぶん高地のこと、空の色がやけに鮮やかで、私は上ばかり向いていた。しかし気づけば捜索隊の面々は沈痛に俯《うつむ》いており、これからの救出行がいかに危ういのかを暗示し

ていた。

気づけば一人だけ、上も下も向かず、むっつりと口を引き結んでいる男がいた。他の男連中が労働で絞り上げられた鋼のような体をしているのに比べ、彼だけはぶくぶくと締まりのない体をしている。それなのに目つきの鋭さだけは、他を圧しているのだ。私の視線に気づくと嘲《あざけ》るような笑みを作り、ぷいとそっぽを向いた。感じの悪い男だった。

そのまま三十分も揺られていただろうか。緑のほとんど見あたらぬ殺風景な岩山の、舗装もされていない悪路の傍らに、ぽっかりと隧道が口を開けていた。幅は大人が手を広げたぐらいで、長軀《ちょうく》の男でも頭を引っ込めず通れるぐらいの高さはあった。南米のぎらぎらとした太陽は、その隧道の入り口から数歩分までを照らしている。しかしその先は黒々としてただ闇《やみ》あるのみ。

とはいえ、穴が暗いのは当たり前のこと、さほどに何を恐れる必要があるのか合点がいかない。屈強の男たちは隧道の口を遠巻きにするだけで、すぐにも突入するのかと思っていた私の当ては外れた。宿の主人が屈《かが》み込んで足元の土を撫《な》で、

「足跡はないようだ」

などと言うのがもっともらしかった。

男たちはほとんどが懐中電灯を手に持っていて、明かりに不自由するわけでもない。互いに顔を見合わせ、「早くせねば」などとわかりきったことを囁《ささや》き交わすだけで埒《らち》が

明かぬ。そのくせ、妻子を案じて業を煮やした男が「俺が行く」と踏み出すと、揃《そろ》いも揃って「慌てるな。危ない」と止めるのだ。二人では足りないからといって助けを呼ぶのも助けを呼んだのは、人手が必要だからではなく、勇気が必要だったからなのだろう。

しかし彼らがただ臆病《おくびょう》とも思われぬ。て手招きしているのに気づいた。近づくと男は私の肩に手をまわし、他の連中から遠ざけた。彼は言った。

「あんた、旅行者だろう。何でここにいるのかわからんが、余計なことはしてくれるな」

善意の手伝いにあまりな物言い。私も少々腹を立てた。

「余計なことなどしない。手助けをしたい。君は何者だ」

「俺は警官だ。警官だった。俺の言うことを聞け」

皮肉に顔を歪《ゆが》め、男は笑った。

「恐れを知らない者がもっとも勇敢になる。どうもあんたは、あの隧道にのこのこ入っていきそうだ。下らないことでこの国の連中が死ぬのはいつものことだが、旅行者だと面倒も多い。引っ込んでいてもらおう」

私は肩をすくめた。

「行くなと言うなら行きはしない。だが警官だというなら、君が先頭に立ったらどうだ。

こんな後ろにいないで」

「だった、と言ったはずだ。もうやめた。それに、いまでも警官だったとしてもそんなことはしない。俺だって命は惜しい」

「あの隧道の、何がそんなに恐ろしいのだ。ただの暗い通路ではないか。化け物でも潜んでいるのか」

元警官は、人を小馬鹿にしたような顔で含み笑いした。

「化け物か。空想豊かだな、子供の成長には欠かせない。だが違う」

それだけ言うと、彼はふっと真顔になった。

「あの隧道は、長い間、山の両側を繋いでいた。車が走るようになり峠に道が出来て、あまり使われることもなくなったが、それでも一日に何人かは通っていた。俺も餓鬼の頃に通ったことがある。途中、何度か道が曲がっている。それで光が通らないのだ」

捜索隊の連中は、誰がどういう順序で隧道に入るか、長い話し合いに入っている。名誉を重んじる男たちは自分が行くと名乗り出て、そのたびに別の誰かに止められている。

「革命軍がこの辺りを占領して、負けたときのことだ」

元警官は言った。

「百人でポトシに来て、逃げるときは十人だった。峠をふさがれた彼らは、この隧道を通ってどこかに消えた。この隧道が使われなくなったのはそれからだ。街の誰もが知っている噂《うわさ》だ。革命軍の連中は、隧道にたっぷり罠《わな》を仕掛けて政府軍を足止めしたと。何も知らずに入れば、落とし穴に落ちるのか爆弾が破裂するのか、とにかく生きては帰れない」

私は思わず、隧道の暗がりに目をやった。陽光の強いのに従って、地に落ちる影は濃い。

しかし、この不愉快な元警官の言うことを鵜《う》呑《の》みにするのは、何となく業腹ではある。

私は訊いた。

「政府軍は後始末をしなかったのか」

「なぜ軍がそんなことをしなければならん」

癪《しゃく》に障るニヤケ顔が戻って来た。

「それに噂だ。もしかしたら、何事もなく通れるかもしれない」

「どうして誰も確認しない」

「車があれば、峠を越えれば済むからだ。そして昔よりもずっと、車は増えた」

突然に大声が上がり私は振り向いた。隧道の奥に向け、女の名前を呼んでいる。行方知れずの妻子の名なのだろう。その声は悲痛で、胸を刺す。

しかし、奇妙だった。私は元警官に訊いた。

「では、なぜあの男は妻子にこの道を通るように言ったのか。そして妻子はなぜ男の言う通りに隧道に入ったのか。街の誰もが知っているというのに、彼らだけ危険を知らなかったのか」

元警官が、はじめて顔をしかめた。余所者《よそもの》の口出しに気を悪くしたのかと思ったが、どうやら違った。妻子の名を呼び続ける男をちらりと見ると、声を落として言った。

「お前は旅行者で、明日にでもいなくなるだろう。だから教えてやる。この隧道に罠があるのか、それともないのか、あの男は本当のことを知っている。知っていてもおかしくない。というのも、あの男は革命軍に内通していたからなのだ。あの男がポトシに革命軍を招き入れたのだ。俺がもう少し優しくない男だったら、彼はとっくに銃殺になっている」

私は二重の意味で驚いた。あの男が罠の有無を知っているだろうことと、そして。

「スパイなのに生かされているのか。この国の政府がそんなに寛大だとは思わなかった」

元警官は足元の砂を見た。

「政府は寛大ではない。俺に対しても寛大ではなかった。だから俺は政府に忠実ではないのだ」

捜索隊の何人かが、懐中電灯の明かりを点《つ》けたり消したりしている。どうやらようやく、中に入る者が決まったらしい。私は彼らを少し気楽に見ていることが出来た。

「なるほど。なら、安心できる」

「どういう意味だ」

「男は妻子に隧道を通れと言った。つまり、隧道に罠がないことを知っていたからだ。妻子も、男の内通のことを知っていた。その男の言うことだから、信用して従うことが出来たのだ。彼女たちが遅れているのは、おおかた、足でも挫《くじ》いたのだろう」

男が妻子を殊更に案じているよう見せかけているのは、彼が罠がないと知っていることを隠すために過ぎない。そういえば、たしかに彼の叫び声は、激情で知られる南米の男にしても少々芝居がかっているようだ。そう気づけば微笑《ほほえ》ましい。

しかし元警官の表情は晴れなかった。

「そうであればいいのだが、そうはいかない。お前はあの男のことを知らないのだ」

「スパイだったということは聞いた」

「そうだ。負けた側のスパイだった。旧悪だが、見逃されるものではない。明日にでも憲兵が来るかもしれない」

彼が言わんとすることが、私にはどうもよくわからなかった。

「不安に駆られているということか。精神が不安定だと」

「そうだ」

元警官は、ふと隧道の奥を見た。

「不安で精神が不安定だから、やつはこの国から逃げようとしている。そのためには金がいるし、身軽な方がいいと思っているだろう」

つまり彼は、こう言っているのだ。

あの男は、妻子に「罠はない。革命軍に通じていた俺が言うのだから間違いない」と伝え、死の罠が待つ隧道を通らせたのではないか。借金を口実に金を集め、それを持って逃げようとしているのではないか。

「しかしそれは憶測だ」

「そうだとも」

気をつけろ、と声が上がる。捜索隊の中でもっとも小柄な男が、腰に縄を巻きつけて隧道へと入っていく。人手を集めたのに、入るのは一人だけなのだ。先程までなら、不思議なことと思ったかもしれない。いまは合点がいく。万が一の時、犠牲者は少ない方がいいのだ。

選ばれた男は緊張はしていても、怯《おび》えを見せはしなかった。彼は姿勢を低くして、ゆっくりと慎重に、隧道の奥に消えた。

「スパイの妻は優しい女だ。子は可愛い娘だ」

隧道の闇を見つめたまま、元警官はひとりごちる。

「もしあの妻子がこの隧道で死んだのなら、俺はすぐに街に帰って、憲兵隊に電話をする。そうすれば、日が暮れるまでには、全ての始末がつくだろう」

ひどく、冷たい目であった。

宿屋の主人がおおいと叫ぶ。それに応じて、隧道の奥からもおおいと声が返る。

大丈夫かと叫ぶ。大丈夫だと返る。

太陽はそろそろ中天にかかる。高地とはいえ、ひどく暑い日だった。この街の男たちは平気かもしれないが、私は自分がかいている汗の多いことに驚いた。

見つかったかと叫ぶ。見つからないと返る。

この場にいる者は、ほとんどが同じことを考えていたはずだ。――罠はあるのか、ないのか。

元警官でさえ、確信を持ってはいまい。あるいは、この肥満した男を信じるのも間違っているかもしれない。元スパイもまた、罠の有無など知らないかもしれないのだ。

肌がひりつく、不快な時間だった。

隧道に入った男の声は次第次第に小さくなるが、まだ聞こえてはいる。いくつかあるという曲がり角を曲がったのか、彼が手にしていた懐中電灯の光はもう見えない。何を祈ったか知る由もないが、元スパイが神の名を唱えるのを、私は聞いた。

腕時計を見ていた。だから、待つ時間が五分に満たなかったことは確実である。しかし私自身、あれが五分足らずだったとは信じがたい。やがて届いた男の声は悲鳴であり、狭い隧道の壁に反響したのか、ほとんど地獄からの声のように聞こえた。

「見つけた、見つけた！　女の方だ、ああ！」

それきり声はなく、誰一人、呼びかける者もない。重い沈黙がまとわりつく中、隧道の奥に光が揺らめく。

近づく者の姿を見定めようと私は目を凝らしたが、もとより、闇を見通せる道理などない。ただ、無為に待つより他にない。

光が近づいてくる。

（『弦巻アキラのショート小説劇場』）

3

『暗い隧道』を読んですぐ、芳光はそのコピーを松本に送った。特徴的な書き出し、どこか古風な筆致、そしてリドルストーリー。『暗い隧道』が失われた断章の一つだということは、ほとんど明らかだと思われた。

それからしばらく、芳光は考えた。一つには、どうして『弦巻アキラのショート小説劇場』に叶黒白の作が載っていたのかということ。

想像は出来る。北里参吾は自分が書いた掌篇を、まるで投げ捨てるようにして別々の知人に送った。彼は友人に宛てた手紙の中で、一度はそれを本当に焼こうとしたことを告白している。書き上げた掌篇は、彼にとっては無用のものだったのだ。

言い方を変えれば、著作権を放棄したとも受け取れる。『暗い隧道』を弦巻の作とすることを、参吾は承知したのではなかったか。もちろん、どうせ世に出ない小説を、弦巻がこれ幸いと剽窃《ひょうせつ》したのかもしれないが。北里参吾も弦巻彰男もこの世の人ではなくなったいま、本当のいきさつはおそらく永遠にわからないだろう。

そしてもう一つ、芳光には考えることがあった。

「アントワープの銃声」の記事をコピーし、繰り返し読んだ。

それ以降、日々の仕事の中でも、ふと考えにふけることが増えた。

可南子の依頼を受けてから、五つの断章がこれほど芳光の思考を占めたことはない。いくつものキーワードが脳裏に渦巻いて、落ち着かなかった。

そのせいでもあるのだろう。ある日、菅生書店のレジに入っていた彼はミスを犯した。店を閉めた後でレジの金を数えたところ、売上が七千円足りなかったのだ。一日のどこかで、一万円札と千円札を勘違いしたのだろう。日商の少ない菅生書店でこの損金は大きい。彼は心底恐縮し、伯父に弁償を申し出た。伯父はむっとした顔を見せたが、

「金を扱ってりゃ、よくあることだ。まあ気をつけろ」

と言ったきり、くどいことは言わなかった。

松本に『暗い隧道』を送って、芳光は十日ほど待った。心はとうに決まっていたが、それが気まぐれでないことを確かめるために待った。

そして彼は、公衆電話から電話をかける。伯父が留守の間に電話を借りようかとも思ったが、電話代のことが気になった。居候《いそうろう》の身を肩身が狭いと強く思ったことはないが、あらゆる事に対して遠慮が板につき、心が少しずつ卑屈になっていく。

十円玉をかき集め、ポケットを膨らませて電話ボックスに入る。夕方の時間帯、数回のコールで可南子が電話に出た。

『はい、北里です』

直接会うときも、可南子はわずかによそ行きの声を出す。しかし電話口ではいっそう高い声になっていた。

芳光は電話でも作り声にならない。低く、どこか陰鬱《いんうつ》な響きのある声。

「菅生書店の芳光です。北里可南子さんですね」

『ああ!』

声が喜びの色を帯びる。

『お送りいただいた掌篇、読みました。間違いなく父のものです』

「叶黒白の作風を弦巻アキラが模倣した可能性は、ありませんか」

『ありません。あの題名、見ていましたから』

可南子の手元には、五断章の題名が揃っている。その中に『暗い隧道』があったのだろう。こんなことになるとわかっていたら、その題名をあらかじめ聞いておいたのに、と芳光は手際の悪さを悔いた。

『ありがとうございます。これで残り一篇です。それにしても驚きました。父の小説が、別の人の名前で出ていたなんて』

「余計なお世話ですが、たぶん、権利は主張できますよ。もっとも弦巻という人も故人ですが」

『そうでしたか。いえ、でも、主張するつもりはありません。父も納得ずくだったと思いますから』

緑の公衆電話は、ひっきりなしに重い金属音を立てている。芳光が投入した十円玉を使い切った音だ。話しながらポケットを探る。先に『深層』編集部に電話をかけたときとは、金が減るペースがまったく違う。小銭は充分に用意したつもりだったが、長くは話せそうにない。芳光は言った。

「ところで、今週か来週のどこかで、ご自宅にいらっしゃる時間はありますか」

『えっ』

可南子は一瞬、戸惑ったようだった。

『そうですね。今週の木曜でしたら、ずっと家にいますが。何か、宅配便でも？』

「ええ、ご在宅だと助かります。詳しくは後ほどご連絡差し上げます。すみません、出先からなので、もう十円がなくなります。いまのうちに一つだけ訊いておきたいんですが」

『なんでしょうか』

「残る一篇の題名と、『暗い隧道』の最後の一行を」

訊いてから、もしかして間に合わないかと思った。「じゃあ探してみます。少し待ってください」と言われてしまえば、たぶん十円玉は尽きてしまう。

しかし可南子は、それを難なく諳《そら》んじた。ああ、と一声呟いてすぐ、

『最後の一篇は、「雪の花」という題でした。そして「暗い隧道」の最後は』

ぎりぎりで間に合った。可南子の声が届くと、それを待っていたように通話はぷつんと切れた。

最後の言葉が耳に残る。

――決まりの悪い作り笑顔で、暗がりから女の子が現れた。――

第七章　追想五断章

1

　このところ芳光と広一郎が夕食を共にすることは減っていた。夕食時、広一郎はたいていパチンコに出ていて、そのまま何か安いものを腹に入れてくるからだ。

　食べ物の味には二人とも頓着《とんちゃく》しない。スーパーで買ってきた唐揚げでもあればご馳走《ちそう》。一膳飯《いちぜんめし》に梅干しということも多い。

　取り決めたわけではないが、食事の仕度は芳光がやる。居候《いそうろう》を始めた頃は、広一郎への謝意を込めて、手の込んだ料理を作ることもあった。しかしすぐにやめた。広一郎がしばしば夕食時にいないからというのも大きいが、理由はもう一つある。二人で夕食を食べても、会話も何もなく寒々しく、テレビだけが騒がしい中で気ばかり遣ってつらいからだ。

それでもたまにタイミングが合えば、小さな卓袱台《ちゃぶだい》を二人で使って食べることもある。その日、食卓には鯵《あじ》フライと沢庵《たくあん》が並んだ。テレビは野球。広一郎は巨人戦をよく見るが、熱心なファンというわけでもないらしく、巨人の試合が雨で流れた今日は横浜・阪神戦をつけている。

武蔵野も雨だった。季節は八月、雨すら暑苦しい。家にエアコンはあるが、広一郎は暑さも寒さも平気で耐える。芳光がいなければ、一夏中電源が入ることはないだろう。

簡単な夕食を済ませると、芳光は珍しく茶を淹《い》れた。野球は横浜ベイスターズのワンサイドゲームで、広一郎は最初からほとんど見ていない。それでもコマーシャルに切り替わるのを待って、おもむろに切り出す。

「伯父さん。お願いがあるんですが」

芳光は正座をしている。改まっているわけではなく、居間では正座でいるのが習い性になっている。広一郎はあぐらを組んで、背を丸くしている。ちろと見て、低く応じる。

「なんだ」

「この間、法事で休みをもらったばかりですが。すみません、今度の木曜、休みをもらえませんか。金曜の朝に戻ります」

芳光が内心で期待していた通り、広一郎はさして興味もなさそうに言った。

「ああ、構わんぞ」

笙子がアルバイトをやめてしまい、次の働き手は見つかっていない。次の木曜、菅生書店は臨時休業の札を下げることになるだろう。

これで話が済んだと思ったので、芳光は腰を浮かしかける。しかし、ぼそりとした声で引き止められた。

「それで、どうだ。学校には戻れそうなのか」

復学の目処《めど》が立ったらすぐにでもこの家を出て、一人で暮らすと告げてある。忘れたわけではなかったが、もし芳光がここを出たら広一郎は一人になる。そのことをふと思い出す。

「たぶん。いや、わかりません」

「そうか」

伯父は、妻を亡くしてもう十年近くになるはずだ。広一郎の妻という人を、芳光はよく憶《おぼ》えていない。幼い頃、盆や正月に何度か顔を合わせているはずなのに。

独り身になってから、伯父はひたすらに菅生書店を守ってきたという。しかしいまは、その面影もない。自分がいなくなっても、伯父はこの古本屋を続けていくだろうか。ふとそんなことを思ったとき、それを見透かすように広一郎が言った。

「まあ、お前の人生だ。おれは何もしてやれん。ただ、いつまでも置いてやるわけにもいかん」

「わかっています。迷惑をかけないうちに」

「迷惑か」

テレビはふたたび野球を映している。何か試合に動きがあったらしく、アナウンサーの声が大きい。

「飯を炊かせて、迷惑もないもんだ。ただ、店の名前を使うのはよせ」

広一郎は卓袱台の湯呑《ゆの》みを見つめ、芳光には目を向けない。

「菅生書店がこれこれの本を探してます、と触れ回られるのは迷惑だ」

「……はい」

「二度とするな」

「はい」

芳光が菅生書店の名を騙《かた》っていたことを、広一郎は知っていた。どうして知ったのか、くどいことは何一つ言わない。いつから知っていたのかもわからない。笙子から漏れたのか、それとも断章を持っていた他の誰かからか。見当はつかなかったが、いずれにしろ芳光は、それ以上咎《とが》められることなく許された。

それで芳光は、もうこの家にはいられないと思った。

伯父の仕事を盗んでいくらかの金を稼いだ。しかし所詮《しょせん》、人生を切り開けるほどの大金ではなかった。伯父の家を出るならなおさらのこと。可南子の依頼も、もう終わる。

立ち上がり、部屋に戻ろうとすると、伯父が言った。

「なあ。この仕事、誰かに何かしてやれるなんて思うな。詰まるところは売った買っただけなんだ。売った買ったで、最後まで終わらせるんだ」

芳光は頷《うなず》いたが、広一郎は背を向けたまま。

テレビの中では無死満塁のチャンスが訪れている。


東京から松本までは、いくつかのルートがある。

以前、可南子は特急列車に乗って来た。それが一つ。もちろん、同じ路線を普通列車で行く方法もある。

どちらとも決めかねた。特急を使えば金がかかる。普通列車に乗った場合、何度かの乗り換えを繰り返して、四時間から五時間はかかるらしい。

いろいろ考えた末、高速バスに気づき、それに決めた。普通列車を使うより速く、何より安いとわかったからだ。早朝、新宿駅から出るバスに一人乗り込む。平日の朝一番の便だけあって、空席が目立った。バスは甲州街道から中央道へと入っていく。

荷物は鞄《かばん》が一つ。荷物入れに預けることも出来たが、それほど邪魔ではないので座席に持ち込んだ。鞄というより、中に入れたファイルを手元に置いておきたかった。

ファイルには、これまで集めた四篇の小説と、『深層』の記事が挟まれている。取り出して読み返したい思いが湧《わ》くが、まだ東京を出ないうちから車酔いしては先が思いやられると自重する。「アントワープの銃声」という言葉を生んだ、弦巻彰男の記事。文字を見なくても、目を閉じればその内容はほぼ思い出せる。

アントワープの銃声

「話を聞いたときは、いつもの冗談だと思いました。華のある人で、悪い冗談で周りを驚かせてはよく笑っていましたから」

第一報を聞いた印象を、被害者を知る女性はこう語った。

一九七〇（昭和四五）年。二月十日深夜。ベルギーの主要な港町にして、風光明媚《ふうこうめいび》で知られるアントワープのＳＳＱホテルは時ならぬ喧噪《けんそう》に包まれた。宿泊客の一人が首を吊っているというのだ。死亡したのは日本人女性の、北里斗満子さん。三一歳（当時）だった。

ＳＳＱホテルは中世の城郭のようなたたずまいを残す、アントワープでも有数の高級ホテルである。斗満子さんが宿泊した三二二号室はリビングルームとベッドルームが分かれており、調度品も時代がかった良いものだった。天井からは豪華なシャンデリアが下がっているが、斗満子さんはこのシャンデリアにシーツをひっかけ、首を吊っていた。

「この部屋は当ホテルでも自慢の部屋ですが、あの事件で傷がついてしまいました」と語るのは、ホテルの支配人パトリック・ブレル氏。五九歳になるブレル氏は、壁に掛かった風景画を外して見せてくれた。

「これが、そのときの弾痕《だんこん》です」

壁に穿《うが》たれた小さな穴は、当時の状況を物語る数少ない物証である。

北里斗満子さんと夫である参吾氏、そして四歳になる娘の三人が陸路ベルギーに入国したのは、事件の三日前である二月八日のことだった。ＳＳＱホテルには三ヶ月前から予約を入れており、当日の夜八時半にチェックインしている。二六歳になるホテルのボーイは、家族の様子を「旅慣れているようだった」と話してくれた。「それに、チップの気前も良かったよ」。払ったのは主に斗満子さんだったそうだ。

翌九日と十日は市内観光に当てた。歴史ある街アントワープには見所も多い。北里一家の足取りは定かではないが、一五二一年に完成したノートルダム大聖堂などを見たかもしれない。子どもがまだ幼いので、入れる場所は限られていたとも考えられる。二日間、北里一家には特に問題のある様子は見受けられなかったという。十日の夜、ルームサービスで夜食を注文している。注文の中に酒は含まれていなかった。

ホテルのフロントに急報が入ったのは、十一日の午前一時三十七分。

「夫の北里氏からでした」

電話を取ったフロントマンは、言葉少なに話してくれた。

「妻が首を吊ったから医者を呼んで欲しい、ということでした。とても冷静なフランス語でした」

医者が手配される一方、フロントからホテルマンが二人、すぐに三二二号室に派遣された。彼らが部屋で見たものは、北里氏の手によって絨毯《じゆうたん》に横たえられた斗満子さんと、シャンデリアから垂れ下がるシーツだった。

医者の仕事はなかった。斗満子さんは既に事切れていた。ホテル側はすぐ警察に通報した。

一報を受け、支配人のブレル氏は現場に立ち会っている。

「自殺らしく見えました。警察も最初、これを事件として扱うつもりはなかったようです」

遺体には索条痕の他に、左腕に擦り傷があったが、遺体を乱暴に下ろした際についたものだと考えられた。警察は当初、北里氏に同情的ですらあったという。その状況が一変したのは、隣り合う部屋の宿泊客への聞き込みが行われてからのことだ。

「複数のお客さまが、銃声を聞いたと話したのです」

　そして捜索が行われ、三二二号室の壁から弾痕が発見された。左腕の傷は銃弾がかすめて出来たものだともわかった。警察は疑いの目を北里氏に向けた。

「北里氏は最初、聞き取れない言葉で警察に応対していました。言葉がわからないという感じで。それが日本語だったかどうかはわかりません。しかし、私たちホテル側とは完全なフランス語でやりとりしていました」

　このごまかしはすぐに露見して、北里氏の立場は悪くなった。不利を悟ったのか、彼は警察の捜索を待たず、隠し持っていたルガー拳銃を差し出している。供述によれば大戦中のドイツ軍の制式拳銃であり、欧州土産のつもりだったという。銃身は劣化して弾はまともに飛ばないしろものであったが、とにかく発砲は可能だった。

　北里氏はベルギー警察に拘束された。

「物証がないんだ」

　日本で事件を担当した捜査官は、無念を滲《にじ》ませてそう言った。

「検屍《けんし》すれば何かわかったかもしれない。でも北里は、嫁さんの体を向こうで焼いちまった。お骨だけじゃ、どうにもならんよ」

　ベルギー警察は嫌疑不十分として、北里氏を釈放してしまった（拳銃の不法所持で罰金刑を受けている）。北里氏は妻の遺体をベルギーで火葬した。土葬が多くの割合を占めるコーロッパで火葬場を探すのは難しかっただろうが、ブリュッセルの日本大使館が仲介し、北里氏は葬儀を済ませた。結果としてそれが、後の司法解剖を不可能にしてしまった。この件について日本大使館は、

「客死した邦人の葬儀につき便宜を図るのは大使館の通常業務の一環であり、個別の事案についてコメントすることはない」

としている。

北里参吾氏と斗満子さんの夫婦。彼らはどのような人物だったのか。

被害者の斗満子さんは旧姓を乾といい、会津若松《あいづわかまつ》の生まれである。郷里の高校を出てから単身上京し、新劇の女優として名を売った。

「演劇の中で輝くタイプではありませんでした。舞台を下りてからが、彼女のステージだったと言っていいでしょう」

当時を知る演劇関係者は、そう振り返る。

「男を手玉にとって、それで本人はケロッとしている。でも憎めない、魅力的な人でした」

いつも多くの男性に囲まれていた女優・乾斗満子を射止めたのは、当時まだ学生だった北里参吾氏だった。

北里氏の実家は鹿島で金属加工の工場を営んでいる。職人気質の技術者が揃《そろ》い技術力

の高さで評判を取っているが、跡継ぎである北里氏は地道な仕事に興味を示さなかった。父親が稼いだ金を東京のクラブに振りまく放蕩息子《ほうとうむすこ》だった。

先の演劇関係者は、話が北里氏に及ぶと顔をしかめた。

「学生離れしていましたね。遊び方も、性格も。とにかくやることが派手なんです。そして、ちょっと異常なぐらい負けず嫌い。まあ、子供っぽい男だったんじゃないですかね」

華やかな女優と派手好きな放蕩児は、やがて結ばれる。しかし結婚に絡みいくつかのトラブルを抱えた。

「日本に未練がなかったんでしょうね。プイッと、行ってしまいましたよ」

北里氏と斗満子さんが選んだのはスイスだった。北里氏は語学に堪能《たんのう》で、実家の財力をバックにスイスで生活していた。この風変わりな新婚生活の中で、夫婦には子供が生まれる。女の子だった。やがて子供も成長し、連れて歩けるようになると、一家はヨーロッパ周遊旅行の計画を立てる。西ドイツのケルン、ハンブルク、ベルリンと観光し、ベルギーのアントワープとオランダのアムステルダムを見て、スイスに戻る予定だったという。全行程一ヶ月の大旅行である。

歩けるとはいえまだ幼い娘を連れての旅行としては、いかにも強行軍である。日本の捜査官にこの点を尋ねられた北里氏は、

「妻が育児に疲れて、気晴らしをしたいと強くせがんだのです」

と説明している。

ではあの夜のことについては、どう説明しているだろう。

ＳＳＱホテルに投宿して三日目。深夜になって突然、斗満子がシャンデリアにシーツを巻きつけ、首に巻いて死ぬと言い出した。懸命に止めようとしたが、間に合わず妻は自殺してしまった。首が伸びているので助からないだろうと思ったが、祈るような気持ちで医者を呼んだ。

これが、北里氏がベルギー警察に話した説明である。警察は当然、氏に質問した。

自殺の心あたりはあるか？

そして何より、ルガー拳銃の発砲をいったいどう説明するのか？

北里氏は最初の質問には知らないと答えた。二番目の質問には窮したのか、実に信じがたい説明をした。

妻がシーツを首に巻きつけて、制止の言葉も聞かず踏み台から飛び降りてしまった。そこで、咄嗟《とっさ》にサイドテーブルに置いてあった拳銃を手に取り、シーツを撃とうとしたというのだ。

「北里は、『シーツを撃てば、ちぎれて妻が助かるかもしれないと思った』と言っています。銃が古く、北里自身も拳銃に不慣れなため、弾は逸《そ》れて斗満子さんの腕を傷つけ壁にめり込んだ。発砲のあまりの衝撃に驚き、二発目は撃たなかった、と」

およそ切羽詰まった場面では、人は普通では考えられないような行動を取ることがある。火事のアパートから必死で逃げ出した住人が、後生大事に枕《まくら》を抱えていたという笑い話もある。首を吊った妻を助けるため、シーツに拳銃を向けたというのも、一概にあり得ないとは言い切れない。しかし。

「無茶ですよ。作り話です」

日本の捜査官はそう憤慨する。

「我々が担当していたら、そんな話で納得したりはしなかったんだ」

ベルギー警察の捜査で、北里氏の供述を裏づけるものは幾つか発見された。たとえばシャンデリアにはまだシーツが括《くく》りつけられており、急な衝撃に耐えかねたように天井との接点には傷みが生じていた。ホテルマンが部屋に入ったとき斗満子さんは裸足《はだし》だったが、踏み台にされたとおぼしき椅子には斗満子さんの足の指紋が残っていた。

一方、斗満子さんの自殺の動機については、何も出てこなかったという。

「斗満子さんが自殺したというのは、信じられません」

かつて乾斗満子の取り巻きだった男性は、そう話す。

「でも、自殺するふりだったら、したかもしれない。自分に注目を集めるのが大好きな人でしたから」

たとえば、北里氏が斗満子さんにお金を使わなくなったらどうだろうか。

「ああ、それは大騒ぎするかもしれませんね。『こんな貧乏ったらしい真似《まね》をさせられるぐらいなら、死んでやる』ってね」

男性はそう冗談めかしたが、笑い事ではないのである。

北里夫妻の生活について調べるうち、ある種の疑惑が浮かんできた。結婚するが早いか日本を飛び出し、スイスで生活した北里夫妻には、どちらにもこれといった仕事がなかった。北里氏は短い紀行文を書いて小銭を稼いでいたようだが、それだけで斗満子さんの要求を満たすことは出来なかったはずだ。

二人が旅行中に立ち寄ったドイツ日本人会のメンバーも、北里夫妻の様子についてはあまりいいことを話さない。

「人前では仲の良い夫婦らしく振る舞いますけど、よく見ると目も合わせないんです」

果たして、遠く母国を離れた二人の間に何があったのか。それは誰にもわからない。

「もしもの話ですが」

前述の捜査官は、声を潜めて話してくれた。

「北里が斗満子さんに多額の生命保険金をかけていたら、逮捕にも漕《こ》ぎ着けられたかもしれません。確かに保険はかけられていたんです。北里は妻の死で金を得ている。ただその額が常識の範囲内で、疑いきれませんでした」

　保険金を目当てに、ということは考えにくい。

　しかし事実関係を整理するだけで、少なくとも四つ、大きな疑問が浮かび上がってくる。

　北里氏が斗満子さんを撃ったのは、斗満子さんが踏み台から飛び降りる前のことだったか、後のことだったか？　言い換えれば、北里氏が撃ってから斗満子さんが首を吊ったのか、斗満子さんが首を吊ってから北里氏が撃ったのか？

　首吊りは、一説には頸部《けいぶ》の骨折により即死するという。しかし今回の事件で使われたのは柔らかいシーツだった。すぐには死ななかったかもしれない。あるいは即死であったとしても、数秒差であれば、小さな擦り傷から生活反応を探るのは不可能だろう。つまり、警察の検分にもかかわらず、発砲と首吊りの前後関係ははっきりしないのだ。

　北里氏は咄嗟にサイドテーブルの拳銃を斗満子さんに向けたのだという。たとえ彼女の命を救うためとはいえ、そして混乱の中にあったとはいえ、銃を妻に向けるというのは何か潜在的な意識の現れではなかったか。

　しかしここで問題にしたいのは、そのことではない。仮にいま、目の前で人が首に縄を巻きつけ、踏み台から飛び降りたとする。……その場にいた人間が彼の命を救うために行うことは何だろうか。

縄を切ることではないはずだ。自殺志願者の体を受け止め、支え、彼を再び踏み台に戻す。アントワープのホテルの深夜、どれほどの急場が演じられたとしても、飛び降りた体を支えるより先に拳銃を取ったというのはいかにも不自然だ。好意的に考えるなら、北里氏と斗満子さんの間に何か物理的な障害があって抱き止めに行けなかった、とも考えられる。しかし、それは少々こじつけめいてはいないだろうか。本当に、そんな障害はあったのか？

そして、斗満子さんが自殺を決意し、北里氏がそれを止めようとしていた間、もう一人の人物は何をしていたのか。

二人の娘は当時四歳だった。言葉がわかる年齢だ。もし本当に、父親と母親が死ぬ死なないで騒いでいたとしたら、娘はそのとき、ただ眠っていたのだろうか。

これらの疑問点を総合するとき、誰もがある種の像を思い浮かべるはずだ。人が人に拳銃を向けるとき、それは相手を助けるときではない。射殺するか、射殺するぞと脅すときではないか。シャンデリアにシーツを括りつけ、踏み台に椅子を用意し、そしておもむろに拳銃を突きつける。さあ、そこに上れ。さあ、シーツを首に巻け、と。

北里氏は釈放され、その罪は問われることはない。

アントワープの銃声は、いったい何のために響いたのか。北里斗満子さんは本当に自殺だったのか。

しかし筆者は、より人間的な疑問を抱いている。即《すなわ》ち、北里参吾氏と斗満子さんの間に愛は残っていたのかということである。

（「深層」第一〇七号）

覚え込むほどに読んだ記事を反芻《はんすう》しているうち、芳光は眠りに誘われる。ふと目が覚めると、バスは高速道路から下りている。眠りこけている間に松本まで来てしまった。

時刻は正午に近くなっていたが、乗っていた時間はほとんど感じなかった。楽に移動できて良かったとほっとする芳光だったが、座席から立ち上がると、体中が軋《きし》んだ。

2

バスが着いたのは、松本駅にほど近いバスターミナルだった。眠っていた芳光は、乗客の中で最後にバスを降りた。ステップを下りて外気に触れると、ふっと涼しい風が吹き、疲れが軽くなる。日は昇っているのに、東京よりもずいぶん気温が低い。

松本の空は、やけに広く感じられた。ふだん東京にいるからというわけではない。生まれ故郷の掛川を思っても、やはり松本の空は広いようだ。

可南子の住所はわかっているが、まずは公衆電話を探す。木曜は家にいるとの言葉通り、電話をかけるとすぐに、可南子が出た。

『はい、北里です』

菅生書店ですと名乗りかけ、芳光は言葉を呑んだ。

「菅生芳光です」

可南子は、その微妙な屈託には気づかなかったようだ。

『ああ、菅生さんですか。そういえば今日でしたね、何か届けてくださる物があるとか』

「ええ、そのことなんですが」

受話器の向こうからは、微《かす》かに喧噪が聞こえてくる。

「ちょっと細かなお話をさせていただきたいので、直接お会いした方がいいと思って、いま松本駅にいます」

『はあ』

わずかに間があった。

『……松本駅って、駅ですか』

「そうです。すみません、いきなり。時間に余裕は見てきましたから、今日のどこかでお話しさせていただけませんか」

『それは遠いところ、お疲れさまでした。そこまでしていただかなくても、こちらから出向いたのに』

可南子の声に不快の雰囲気はなかった。可南子とは直接話をしなければならなかったし、あまり心の準備をさせたくもなかった。しかしいきなり押しかけて、迷惑と思われるのも嫌だった。芳光の声が軽くなる。

「いえ、大事な話ですし。どこでお会いしましょうか。できれば、叶黒白の直筆原稿を拝見したいんですが」

電話の向こうで、考える気配があった。

『そうですね。自宅までいらして頂けますか』

「いいんですか。お邪魔でしょう」

『実は今日はお祭りで、あまり長く家を空けられないんです。ちょっと人の出入りがありますが、それでよければ。車を出します』

「祭り？　それはすみません」

『いえ、かえってお招きしやすいです。少し騒がしいのだけ我慢していただければ。三十分ぐらいで行きますから、そのぐらいになったら駅前の有料駐車場に来てください。すぐわかるのは、一ヶ所しかないはずです』

三十分あるならと、彼は駅の中でサンドウィッチを買って昼食にした。

ブルーの車で可南子が現れたのは、だいたい一時間後のことだった。

駅から十五分も車を走らせれば、立木にも塀にも生活の息吹が濃い住宅街に入る。途中、「これはどう走っているんですか」と訊いたところ、「南に向かっていると思ってください」と返ってきた。

やがて電信柱や家々の門柱に、変わった飾り物が目立つようになる。御幣《ごへい》を細い縄に括りつけ、簡便な注連縄《しめなわ》のようにして家から家へ、街角から街角へと渡してある。

「祭りらしくて、なんだかいいですね」

「そうですか？　県外の友達には、なんだか怪しい呪《まじな》いみたいだって言われましたよ」

可南子はそう笑った。

車は細い道を抜け、立ち並ぶ民家の間に農地が見えるようになる。田圃《たんぼ》の稲は早くも色づき、秋の刈り入れを待っているようだ。

北里家は板塀に囲まれた平屋建て。雪が降る土地なのに、屋根には瓦《かわら》が葺《ふ》いてある。ガレージはまだ新しく、可南子の車だけで使うには広すぎる作りだった。

車を降りた可南子を目敏《めざと》く見つけ、中年の女性が近寄ってくる。

「ああ、北里さん。お出かけだったの。さっき会長さんが来てたわよ」

可南子は首を傾《かし》げた。

「何か言ってました？」

「炊き出しの野菜の話だったみたいだけど」

「ああ、それなら手配してあります。すみませんね、お手伝いもできず」

女性は軽く手を振る。

「仕方ないわ。……そちらは？」

所在なく立っている芳光に目を向ける。芳光は何となく頭を下げた。

「古本屋の方です。父の蔵書のことで、相談に乗ってもらっています。こんな日になっちゃいましたけど」

「あら、そう」

それで興味をなくしたように、いくつかの挨拶《あいさつ》を交わして女性は離れていった。

一つ気になることがあった。玄関へと向かう可南子に、「あの」と声をかける。

「祭りの手伝いが出来ないというのは、もしかして僕がお邪魔してしまったからですか」

可南子は振り返り、微笑した。

「いえ。まだいちおう、喪中なので」

「ああ……」

「祭りと言っても七夕です」

「えっ」

「こちらでは月遅れで祝うんです。町内のイベントみたいな星祭りですが、神社の境内をお借りするので、いちおう遠慮しています」

門柱から玄関までは一跨《ひとまた》ぎだったが、その短い間に踏み石が敷かれていた。建て物を遠目に見たときには見事だと驚いたが、入ってみると柱も床板も、どことなく古びた雰囲気がある。参吾が松本に居を構えたときに買った家だとすれば、少なくとも築二十年は経《た》っている。多少傷んでいても当たり前かもしれない。しかし古さよりも広さに目が行った。芳光が通された客間には床の間もあり、畳の数を目で数えると十二畳あった。欄間に彫られた龍《りゆう》も芸が細かい。

勧められた座布団は厚く、あまりに足が沈むのでかえって座り心地がよくない。床の間には掛け軸。太い筆遣いで、仏僧なのか布袋《ほてい》なのかわからないふくよかな男が描かれている。

お茶をお持ちしますと言う可南子に、芳光は一言、感想を言った。

「立派なお宅ですね」

しかし可南子は、少し困った顔をした。

「ありがとうございます。でも、父と暮らしている間でも、広すぎました」

北里参吾は友人への手紙の中で、松本に住むことを「逼塞《ひつそく》」と表現していたが、せせこましい隠居家を買いはしなかったらしい。

いつしか耳には太鼓の音が届いている。その響きに、ふと目を窓に向ける。腰を浮かしていた可南子も、目線がつられた。板塀があるので、祭りの風景が見えるわけではない。ただ、夏の空が見えるだけ。

「父は、祭りにはいつも懸命でした」

可南子が言う。

「傍目《はため》にも面倒な役をよく引き受けましたし、ちょくちょくお金も出していました。昔は、この土地に愛着があるんだなと思っていましたが、違っていたかもしれません。新参者がなんとか溶け込もうと、必死になっていた。……最近、そう思います」

「二十年も住んでいて、新参はないでしょう」

「わたしが子供の頃なら、それほど長くはありません。それに古い町ですから。お茶、用意しますね」

芳光は鞄のファイルを取り出し眺め、可南子が戻るのを待った。

茶はよく冷えた麦茶。湯呑みはふつうの染めつけで、丁寧に茶托《ちやたく》も出してくれた。この茶托が曲者で、ただ湯呑みを持ち上げると底に張りついて途中で落ち、かたんと音を立てた。芳光は同じことを二度三度と繰り返し、可南子も一度落とした。どちらからともなく、苦笑した。

話は、可南子が切り出した。

「改めてですが。四篇目、よく探してくださいました。ああいう形で出ていたんでは、探すご苦労も多かったんじゃないですか」

「ええ、まあ」

可南子には詳しい経緯を話していない。ファイルから、まずは白い封筒を取り出す。

「『朝霞句会』の宮内さんに、僕なりに再接触してみました。いろいろと当時のことを聞けました。その時、叶黒白が宮内さんに送った手紙の話が出まして、それを見せてもらったら弦巻という名前に行き着いたんです。これは、その手紙です」

「すると、これは父の手紙ですか」

「そうです。原本は返して欲しいとのことですので、コピーですが。後でお読みくださ い。必要上、僕も読みましたが、叶黒白の人となりがよく現れていると思います」

そっと手元に引き寄せた封筒を、可南子は見つめている。

「それとも、いま読みますか」

「……いいえ。後で」

芳光は頷いて、先を続ける。

「この手紙から先は、だいぶん運に助けられました。反対に言えば運が良かったので、苦労は案外、ありませんでしたけどね」

「菅生さんのお仕事柄あってのことと思います。わたしだけだったら、どれだけ運に恵まれても、本屋に出まわっていない文庫本なんかには巡り会えませんでした」

「仕事柄、というわけでは」

そう呟《つぶや》き、自分の言葉を打ち消すように訊く。

「それで『暗い隧道』なんですが。最後の一行は、これまでのものに比べると少し収まりが悪いようですね」

「そうですか？」

可南子は不思議そうな顔をする。

「いい終わり方だったと思いますが」

「ええ、まあ。……ただ、電話で伺った通り『決まりの悪い作り笑顔で、暗がりから女の子が現れた』ということだと、いっしょにトンネルに入ったはずの母親はどうなったのか、と考えてしまいます」

「ああ、なるほど」

相槌《あいづち》を打つが、可南子はそうは思っていないようだ。

「でも、確か文中には、捜索隊の人が言ったらしい『見つけた』という言葉が出ていましたよね。女の子は誰かと一緒に出てきたわけではないですから、探しに入った人と母親は、後から出てくるんじゃないでしょうか」

そして目を伏せて笑った。

「ちょっとハッピーエンド志向かな。菅生さんみたいな方とは、読み方が違うかも」

「いえ、そんなことはないでしょう。もっともだと思いました」

ファイルを開き、『暗い隧道』を一瞥《いちべつ》する。

「……もしトンネルには罠《わな》がないとすれば、時間に遅れているのは足でも挫《くじ》いたからだろう、という記述があります。女の子が無事で、捜索隊の男にも何事もなかったのなら、母親は足を挫いていて後から出てくるだろうと読めますね」

「わたしは、そんなに深読みしたつもりはなかったんですけど」

そう言いながらも、可南子は少し嬉《うれ》しそうだった。湯呑みに手を伸ばす。今度は茶托を押さえ、落とさないように。

そして少し、姿勢を正した。

「ところで、そのために松本までいらしたんですか」

そろそろ本題か、と、芳光も手を膝《ひざ》に置く。

「いえ。実は今後について、一つお伝えしておくことがありまして」

「はい」

「順を追って話しましょう」

開いたままのファイルをめくり、芳光は『深層』の記事を取り出した。

「『暗い隧道』を自作として発表した弦巻アキラは、元は雑誌記者かライターでした。彼は『深層』という雑誌に、北里参吾氏の事件記事を書いています」

扇情的な見出しのついた記事を、机に載せる。可南子の表情がすっと冷えた。

「それは」

「叶黒白を追えば、どうしたって『アントワープの銃声』に行き着きます。知ったと言ったことはありませんでしたが、もちろん、予想はしておられましたよね」

可南子は芳光に、父親の過去について話してはいない。母親の死についても、もちろん。これは芳光が勝手に調べたことだ。しかし当人に、あなたの肉親の過去を調べましたと告げるのは、少なからず勇気のいることだった。

これまで見せたことのない険しい目で、可南子は記事を睨《にら》む。しかし、やがて溜《た》め息《いき》をついた。

「……ええ。やはり、辿《たど》り着くんですね。全部伏せてというのは、虫のいい話でした」

「駒込大学文学部の市橋という教授に、事件の存在を教えてもらいました。長い間黙っていたことは、こちらもお詫《わ》びします」

「いいえ、そんなことは」

あるいは、と芳光は思っていた。あるいは可南子は何も知らないのかもしれない、と。宮内にもそう伝えた。しかしやはり、可南子は知っていた。

「そしてですね。いま北里さんにお渡しした手紙。その中には、叶黒白がなぜ小説を書いたのか、その理由が書かれていました。詳しくはお読みいただくとして、要約するとこうなります。……五つの断章は、『アントワープの銃声』報道を受けて書かれた」

芳光はファイルに目を落とす。

「ですが、これまでの四つの掌篇《しょうへん》と『アントワープの銃声』の間にどんな関係があるのか、それがいまひとつはっきりしません。北里さん、この記事を読んでみてください」

しかし可南子は、小さくもはっきりとした声で言った。

「いえ。必要ありません」

その返答で、可南子は既に読んでいるのだなと見当がついた。

「では、何か心当たりはありますか」

「……少しだけ、思っていることはあります。が、先に考えを聞かせていただけますか？」

乞《こ》われ、芳光は言葉をまとめて話し出す。

「何か、思わせぶりだということはわかります。四つの物語は、どれも家族というキーワードが抜きがたく絡んでいる。それも、夫婦と娘という三人家族が目立ちます」

机の上に、発見された断章を次々と並べていく。

『壺天』に収録されていた『奇蹟の娘』。

『新紐帯』の『転生の地』。

『朝霞句会』の『小碑伝来』。

『弦巻アキラのショート小説劇場』の『暗い隧道』。

それらを見つめ、芳光は言う。

「『奇蹟の娘』は、娘を崇《あが》める母の物語でした。『転生の地』は、夫の罪で妻と娘が巻き添えになる物語です。『小碑伝来』はもっともあからさまで、夫が妻を焼くか、それとも自害するかの物語です。『暗い隧道』もまた、夫が妻と娘を謀殺するかどうかが問われます」

ここまで言って、ちらりと可南子の様子を窺《うかが》う。可南子は小さく頷いた。

「どうぞ、お気遣いなく続けてください」

「では……」

一口、茶を含む。

「『アントワープの銃声』は、夫が妻を殺害したのではないかと疑われた事件でした。北里氏、叶黒白が小説に託して描き出したのは、彼自身の当時の心境だったのではないでしょうか」

心境、と可南子が呟くのが聞こえる。

「つまり、『奇蹟の娘』にあった母による娘への溺愛《できあい》は、本当にあったことなのではないでしょうか。そして作中でそれに疑問を投げかける男は、叶黒白自身だったのではないでしょうか。次の『転生の地』では、夫の罪で家族までが断罪されそうになります。これは、帰国した叶黒白の状況を思わせはしないでしょうか。殺人犯の疑いをかけられ、あなたという娘を巻き込んでしまうことを恐れて、叶黒白は松本に引っ越したのです」

息をつく。

「……そして『小碑伝来』は、叶黒白自身の心の迷いを書いたのかもしれません。これは、プライドが高いけれど臆病《おくびょう》とも受け取られかねない男の話です。叶黒白は誇り高い人でした。この二人の人物は重なります。作中の男が二者択一を迫られたように、叶黒白はベルギーのホテルで、何かの選択をしなければならなかったのかもしれません。最後の『暗い隧道』もまた、似た状況です。夫は妻と娘を見捨てようとしているのか、それとも家族に救われようとしているのか。北里さん、あまり言いたくないのですがこれは」

「母が亡くなった後、父がわたしをどうしようか迷った心理状態に似ている。そうおっしゃりたいのですね」

ほとんど無感動に可南子が言う。芳光は黙ることで肯定に代える。

薄く開いた窓から、そっと風が吹き込んでくる。ファイルに挟み込んだ紙がわずかにはためく。

「改めて言うまでもないことですが、リドルストーリーとは結末を廃した物語形式です。宮内さんからの手紙によれば、叶黒白は最初、五つの断章をリドルストーリーにするつもりはなかったようです。一度書いた物語をリドルストーリーに変更するためには、おそらく大きな加筆が必要になったでしょう。それでも、なぜそうしたのか」

少し言葉を切ってから、芳光は言った。

「彼はただ、書かずにはいられないから書いたのです。五つの断章が彼自身のための追想だったのだとすれば、他人に見せるときに結末は不要だったのかもしれません」

芳光は黙って、可南子の反応を窺っている。

可南子の表情は、驚くほど変わらない。聞き流しているのかと思うほど平板な顔で、ただ四つの掌篇を見ている。

長い沈黙だった。

おもむろに、可南子が言った。

「やっぱり、専門家の方にお願いしてよかったです。父が小説を書いた理由を教えていただけるなんて」

「どうも」

「ですが、わたしも要約してお尋ねしますが、それでお願いした件はどうなりますか。つまり、五篇目を手に入れる目処は立っていますか？」

芳光は、叶黒白の断章に秘められた意味を話した。可南子がその意味を最初から知っていたのであれ、何も知らなかったのであれ、これは一つの発見だった。

しかし芳光が請け負った仕事はそれではない。彼への依頼は、五つの小説を揃えること。

「ええ。本題はそのことです。それをお話しするために、ここまで押しかけました」

太鼓の音が届いている。しかし話すのに邪魔というほどではない。

「叶黒白がなぜ小説を書いたのか明らかになり、その主題もわかりました」

「はい。そのことは、お礼申し上げます」

「途中ではありますが、これで、終わりとさせていただけませんか」

可南子は虚を衝《つ》かれたようだった。

「えっ……」

深く頭を下げる。

「このご依頼は、僕には荷が重い。ご両親への思いはもちろん、北里さんのお父さんのご無念を思うと、無関係の僕が立ち入ることが怖くなってきました。

それに、お気づきかもしれませんが、僕は菅生書店の居候に過ぎません。先程は専門家と言ってくださいましたが、そんなんじゃないんです。あなたの報酬に目が眩《くら》みましたが、この件が店主に知れました」

可南子の表情に戸惑いが浮かぶ。

「では、これまで手伝ってくださったのは、別の方だったんですか」

「いえ、それは僕です」

「それなら問題ないじゃないですか。菅生さんはわたしの依頼を受け、充分な成果を出してくれました。引き続きお願いしたい人です」

息が詰まるような気がした。

「そう言ってもらえると、嬉しいです。人の役に立てたと思うと」

「では」

ここに来て芳光は迷った。

残りは一篇なのだ。わずかに残った意地が疼《うず》く。

しかし、彼はこぶしを握ると、再び深く頭を下げる。

「ですがすみません。もう、実家に帰るつもりです」

可南子が、浅い溜め息をつく。

彼女はもう、続けてくれとは言わなかった。しばらくの沈黙に続いて言った言葉は、

「ありがとうございました」だった。

3

四つの掌篇と事件記事、そしていくつかのメモをファイルに戻した芳光に、可南子が言った。

「さっき、父の直筆原稿を見たいとおっしゃいましたよね」

松本駅での電話のことだ。

「ええ」

「でも、依頼はもうおしまいにするつもりだったのに？」

「……そうですね。最後に、というか、そういう気持ちだったと思います」

可南子は柔らかく微笑《ほほえ》んだ。それで少し空気がやわらいだ感じがした。

「是非、見ていってください」

それから付け加える。

「文箱《ふばこ》は父の書斎にあります。もしよかったら、部屋もご覧になりますか」

「いいんですか」

「ええ。菅生さんは、叶黒白のいちばんの読者なんですから」

そう考えたことはなかったが、確かに、叶黒白の小説を四篇まで読んだのは芳光と可南子だけだ。いちばんの読者と言って、嘘《うそ》ではない。

可南子の先導で廊下を進む。足元で、みしりと音がした。

鉤《かぎ》の手《て》に折れた先、月が描かれた襖《ふすま》を開けると、参吾の書斎だった。書斎という言葉の響きからなんとなく洋間を想像していたが、部屋は純然たる和室だった。六畳の部屋に文机《ふづくえ》の他、木製の本棚が置いてある。辞書の類《たぐい》もあったがほとんどは軽い読み物で、本棚に並ぶ背表紙からは、往年の洒脱な大学生の面影を窺うことはできなかった。

押し入れの上をちらりと見上げれば、天袋がある。参吾の原稿がしまわれていた場所だろう。そして文机の上に、事務用品の店で買ってきたようなグレーの箱がおいてある。味のない、書類ケースと呼びたくなるそれが、可南子の言う文箱だった。

どうぞと言われて、蓋《ふた》を開ける。

原稿用紙は古びてはいたが、脆《もろ》くなっているというわけではなさそうだ。表に見えている一枚には、万年筆の大胆な字で「そして幼な子までが命を奪われる。私はただ、瞑《め》目《もく》するしかなかった。」と書かれている。芳光にはすぐに、『転生の地』の結末だとわかった。

指で数えると、原稿用紙は確かに五枚。めくると、記憶に残っている「最後の一行」が次々に現れる。

「明け方に見つかった焼死体。それが、哀れな女の末路であった。」

「どうやら一刀の下に、男の首は落とされたものらしかった。」

「決まりの悪い作り笑顔で、暗がりから女の子が現れた。」

四枚までをめくり、芳光の指が止まる。五枚目は、ゆっくりと見た。

「すべてはあの雪の中に眠っていて、真実は永遠に凍りついている。」

それが、まだ見つかっていない『雪の花』の最後になるのだろう。

原稿用紙を裏返すと、それぞれの掌篇の題名が、こちらは横書きに書かれている。表の文字は裏写りしているが、題名は表には滲んでいない。

一目見て、「おや」と芳光は呟いた。

「どうかしましたか?」

「ああ、大したことじゃないんですが。これ、違うペンで書かれていますね」

覗《のぞ》きこんで、可南子も「あら」と声を上げた。

「本当ですね。気づきませんでした」

「本文は万年筆で、題名はボールペンで書かれたようです。これは、ゲルインクのボールペンですね」

「便利ですからね」

芳光はふと黙り込んだ。五つの題名を見つめる。怪訝《けげん》そうに可南子が訊いてくる。

「ですが、それが何か？」

「……もしかしたら、結末は、違っているのかもしれませんね」

顔を上げ、芳光は笑顔を作る。

「メモ書きなら、そもそも裏面に書く必要はないわけです。しかも本文はどれも万年筆で、題名はどれもボールペンということになると、ちょっとおかしい」

「先に小説を書いて、後でまとめて、題名を書いたんでしょうね」

「そうです。ですがその『後』というのは、何年も経ってから。この題名が書かれたのは、割と最近のことですよ」

可南子はぽかんと口を開けた。

「なぜ、そんなことを」

「簡単なことです」

自分の鞄からボールペンを取り出し、可南子に見せる。

「本屋ではまだカーボン複写を使いますから、油性ボールペンにも出番があります。でも普段使いにはこの通り、ゲルインクのボールペンを使っているんですよ」

「はあ」

「こういうボールペンが出てきたのは、最近のことです。僕が子供の頃には、なかった。もちろん叶黒白が小説を書いた二十年前にも、なかったはずです」

もう一度、原稿用紙に目を落とす。裏返すと、題名よりも本文の方が、字が若い気がした。

「昔の記憶に頼って題名を書いたのなら、間違っているかもしれませんよ。『決まりの悪い作り笑顔で、暗がりから女の子が現れた』のは、案外、『暗い隧道』の結末じゃないかもしれない」

ふと見ると、可南子はどこか白けた顔をしていた。決まりが悪くなり、芳光は原稿用紙を文箱に戻す。

「まあ、だからどうだという話じゃありません。いずれにしても内容が変わるわけじゃない。五つの断章が作者の心境を表したものなら、物語全体に意味があるわけで、結末は重要じゃない。……リドルストーリー仕立てにした理由も、案外こんなところだったかもしれません」

「そうかもしれませんね」

それだけ言って、可南子は文箱を天袋に戻した。

すっと部屋が暗くなる。どうやら雲が出たらしい。可南子がつぃと動いて、部屋の障子を開けた。わずかに光が増し、芳光は窓を見た。

窓の外に、何かが吊られている。平たい植木鉢のようなもの。しかし緑はなく、ただ鉢だけがそこにあった。

「それは何ですか」

と尋ねると、可南子は頬を赤らめた。

「これですか。掃除が行き届いていないことがばれました。これは、去年の釣りしのぶです」

「釣りしのぶ？」

「知りませんか。東京の風習だと聞いたんですが。こうして空中に吊るした鉢に苔《こけ》や忍《しの》ぶ草《ぐさ》を配して、造形するんです。綺麗《きれい》ですよ。父が好きだったんです」

「いえ……。聞いたことはあります」

宮内が、北里参吾の思い出として語っていた。

枯れてしまった釣りしのぶを、可南子はじっと見つめている。

「父は祭りや正月なんかの風習は、松本のやり方に合わせようとしました。でも、子供の頃から不思議だったのは、七夕だけはそうしなかったことです。よその家が七夕飾りをする中、父は『うちはこれだ』と、釣りしのぶを下げたんです。……いま思えば、父なりに、思い入れがあったんでしょう」

そして振り返る。

「菅生さんには、父の事情を黙っていて申し訳なく思っています。確かにわたしは、不幸だった父の過去を知りたかったんです。でもおかげさまで、ずいぶんとわかった気がします。本当に、ありがとうございました」

深々と頭を下げて、なかなか、顔を上げようとはしなかった。

終章　雪の花

1

話が長くなるかと思い、広一郎には金曜に帰ると言った。しかしすべての用は片づいた。

「これからどうするんですか」

と尋ねる可南子に、芳光は短く、「帰ります」とだけ答えた。

「では駅まで送ります」

「いえ。祭りで忙しいんでしょう。そんなに遠くなかったし、歩ける距離ですよ。この通り身軽ですし、ゆっくり帰ります」

「それじゃあ、あんまり」

芳光は無理に笑顔を作った。

「気にしないでください。たまには、散歩も気分が変わると思います」

ちょうどそのとき、玄関から呼ばわる声がした。

「北里さん、始まりますよ！」

板挟みに可南子がはっきり困惑するのを見逃さず、

「では」

と半ば強引に、芳光は北里家を辞した。

祭りの喧噪《けんそう》は遠く、道は思ったよりも静かだった。北里家から出てきた芳光をめざとく見つけ、さっき声をかけてきた女が近寄ってくる。

「あら、もうお帰りですか」

芳光は愛想笑いをする。

「ええ。商談は済みましたし、なんだかお忙しいようですし」

「まあ、ねえ。日が悪かったわね。炊き出しだけでも手伝うって」

女はちらりと、北里家の門柱に目をやった。

「喪中だからいいって言ったのにね」

北里参吾が死んでまだ一年経《た》っていないことを、芳光は知っている。しかし大げさに、

「そうなんですか」

と感心してみせる。それから話を打ち切るために訊《き》いた。

「ところで、駅はこっちでよかったですよね」

「駅？　松本駅？　遠いわよ」

「それでも一時間はかからないでしょう」

「そうねえ」

「行けますよ。じゃあ」

遠くから祭り囃子《ばやし》が聞こえてくる。龍笛《りゅうてき》の音色は、人が吹いているのか、ただの録音なのか、遠くからでは判断できない。

やはり、この街の空はやけに広いようだ。それがどうしてなのか、いまの芳光には考える余裕があった。数ヶ月の間、可南子の依頼が彼の脳裏から去ることはなかった。その仕事を諦《あきら》め、自分でも思っていなかったほどの安らかさを覚えている。ふらりふらりと歩を進めながら、松本の空を眺める。やがて、そうかと思い至る。草木も寄せ付けぬ岩山の連なりを、松本は間近に抱えている。その押し迫る山々が、逆に松本の空を広く見せるものらしい。ふっと笑って、芳光は足元に目を落とす。

彼は、可南子の依頼のために駆けまわった自分の心根を考えた。

可南子が過去に寄せる思いに同情して、断章を求めたのではない。

可南子は情の深い美人だったが、そこに心の惑いを覚えたわけでもない。

そして、依頼がもたらす金が自分の人生を立て直す役に立つかもしれないという一縷《いちる》の望みすら、おそらく本当の動機ではなかった。

彼は苦しかったのだ。学資が続かず大学を休んでいることも、家業と夫を同時に失って寄る辺ない身となった母を見ているのも、地価に踊らされたあげく金も得られず矜持《きょうじ》も守れなかった伯父と話すのも、そんな伯父の家で無為に時ばかりを失っていく自分も、何もかもが苦しかった。

だから、目先の変わった可南子の依頼に飛びついた。失われた断章を求める冒険は、ほんのひとときだけでも、芳光から現実を遠ざけた。

そのはずだったのに、集められた断章が示唆するものは、不幸ながらも彩りに満ちた人生。望むと望まざるとにかかわらず、主人公に押し上げられた男の物語。その劇《ドラマ》に芳光はいまや背を向けることしかできない。

歩き続けるうちに、いつしか周囲の家々から注連縄《しめなわ》が消えていることに気づく。祭りのある町内からは抜け出たらしい。龍笛の音色も太鼓の響きも、もう聞こえない。

日が傾いてきた。夏とはいえ、日が暮れれば肌寒い。高地ならなおさらのことだ。さっきまでは汗ばむような暑さを感じていたのに、少し陽光が弱まっただけで、吹く風が途端に冷たさを帯びたようだった。

駅前の喧噪に気づいて、芳光は腕時計を見る。歩いても一時間はかからないと見た予想は正しかった。

来るときは、疲れや運賃を考えてバスに乗ってきた。しかしいまは、さっさと引き上げて引っ越しの準備を始めたかった。特急列車で帰ることにした。二階建ての駅舎をエスカレーターで上り、改札前で時刻表を睨《にら》む。次の新宿行きが出るまでには、まだずいぶん時間がある。

そして、はたと困る。空いた時間をどうすることもできない。歩く道々、駅前に地酒や土産物を売る店は見つけていたが、何を買ったところで渡す相手もいない。広一郎に渡してもいい顔はしないだろう。久瀬笙子の顔も浮かんだが、彼女は既に自分の道へと戻っていった。

芳光は腹に手を当てた。小腹が減っている。

「そういえば、そばが有名だったな」

呟《つぶや》いて、駅の周りをうろつき始める。

食事の時間からは外れている。店はいくつか見つかったが、どこも準備中の札を下げている。しかしほどなく、醤油《しょうゆ》で煮染めたような色の暖簾《のれん》を出している店が見つかった。ショーウインドウにも埃《ほこり》が積《つ》もっているが、芳光は引き戸を引いた。

明かりの点いていない店内で、老人が一人、座ってテレビを見ていた。芳光を振り返ると面倒そうに顔をしかめるが、それでも腰を上げる。しゃがれ声で一言、

「いらっしゃい」

「やってますか」

店主は返事もせず、前掛けを結びながら厨房《ちゆうぼう》に下がっていく。適当なテーブルの椅子を引き、メニューを見れば、どれもさほど高い値段ではなかった。

半分ほど水を入れたコップを持って、店主が戻って来る。

「ざるそばを」

「あい」

薄暗い店内にテレビのきつい光が投げ込まれている。ボリュームはひどく絞られて、何を言っているのかわからない。番組は何かドラマらしく、男と女が向かい合って言い合うシーンだった。

見るともなく眺めていたが、あらすじがつかめない。視線を外すと、店の入り口の脇《わき》に笹《ささ》が立てかけられているのに気づく。提灯《ちようちん》や鞠《まり》をかたどった飾りが目立つ中、いくつか短冊も結びつけられていた。

ざるそばは、まだしばらく来そうにない。芳光は立ち上がり笹に近寄る。短冊に書かれた願い事を読むつもりだった。しかし、短冊にはどれも、何も書かれていなかった。

そのかわりに風変わりなものを見つけた。

薄っぺらい木で作られた人形。紙の着物を着て、笹に吊《つ》るされている。男の人形と女の人形、両方あった。一目見て、木の雛人形《ひなにんぎょう》かと考えた。しかしすぐ、七夕なら織姫彦星だろうと気づく。

しかしその人形は、芳光をぞっとさせた。

「ざるそば」

不意に後ろから声をかけられる。暗い顔の店主が、盆にざるそばを載せて立っていた。

「ああ、すみません」

席に戻ろうとして、やはり人形が気になる。

「これ、七夕飾りですか」

そう尋ねると、店主は盆をテーブルに置き、しゃがれた声で答えた。

「そうだよ」

「変わっていますね」

「そうかね」

「七夕の飾りに人形っていうのは、不思議な感じがします」

店主は、まじまじと芳光を見た。

「あんた、旅行で来たのかね」

「まあ、そんなところです。すると七夕に人形というのは、こちらじゃ普通なんですか」

「そうだよ。毎年飾る。ほうとうをお供えするんだ」

少し、店主の表情が柔らかくなった。

「そういうことに興味がある人かね」

戸惑い、そして芳光は苦笑いした。

「いえ、あんまり。ただ珍しかったから」

「そうかね。本当は、笹に飾るもんじゃない。軒下にぶら下げるんだ。こう、紐《ひも》で吊って」

手振りで、ぶらんと吊った様を表してみせる。着物を着た人形が軒に吊るされる、その光景を想像して、芳光は言った。

「慣れないうちは、怖いような気がするかもしれませんね」

「孫もそう言っていたよ」

そう呟くと、店主は背を向けた。

そばはぼそぼそとして、つゆの味が薄すぎる。あまり上々の味とは思わなかった。

八月になると、日が暮れるのは思ったより早い。

店を出て駅に戻り、改札を通って、ホームに下りたときには、既にあたりは夜だった。風が強く、寒いというほどではないが少し涼しい。風除《かぜよ》けに、彼は鉄柱の陰に体を隠す。そうして列車を待っている。東京に戻れば、ブックスシトーに辞めると伝え、広一郎に礼を言い、大学に退学届を出さなければならない。

松本が始発というのに、特急あずさはまだ入線してもいない。ホームに来るのが早すぎた。

缶コーヒーを買ってきて、ちびりちびりと口をつける。

芳光はさっき見た七夕人形のことを考えていた。

軒から、紐で吊り下げる薄っぺらな人形。星祭りに捧《ささ》げるものならば、何か祈りを込めて吊るされるのだろう。

ただ、人の形を模した物は、常に人体そのものを連想させずにはおかない。軒下に吊り下げられた人形は、星祭りの祈りよりも、ある種の厳粛さを見る者に強いるだろう。いや、あるいはその恐ろしさこそ、原初の祈りにはふさわしいのかもしれない。

七夕飾り。芳光は、さっき北里家で聞いた話をまだ忘れてはいない。

――父は祭りや正月なんかの風習は、松本のやり方に合わせようとしました。でも、子供の頃から不思議だったのは、七夕だけはそうしなかったことです。

北里参吾はその代わり、釣りしのぶを下げたという。釣りしのぶは東京の風習。そして、友人である宮内との思い出がある。だからそうしたのだろうか。

秋風の吹くホームで、芳光はひとり呟く。

「違うだろうな」

家の中に、こんな人形を飾りたくはない。なぜなら彼の妻、そして可南子の母である斗満子は、シャンデリアにシーツを括《くく》り自ら縊《くび》れて死んだのだから。祈りのための人形とわかってはいても、それを自らの家に飾ることをためらうのは、もっともだと思えた。

参吾が妻の死そのものを強く悼《いた》んでいたとか、後悔していたという感じはしない。これまでの断章にも手紙にも伝え聞いた話にも、参吾のそんな感傷は出てこなかった。だからあるいは、参吾は家の中にそういう人形を飾っても平気だったかもしれない。しかし家にいるのは参吾だけではない。幼い可南子が思い出して泣いては、手に負えないではないか……。

不意にアナウンスが響く。

『ご注意ください。一番ホーム、列車が入ります』

線路の先を見れば、特急あずさが近づいてくる。安全のためというより車体が起こす風を避けるため、一歩二歩と退く。

『お待たせしました。特急あずさ新宿行きです』

まだ発車に早い。東京駅で乗る掛川行きの新幹線は、ホームに入ってもしばらくドアを開けない。しかしあずさはあっさりとそれを開き、幾人かの気の早い客をすぐに乗せていく。

芳光もまた、ステップに片足をかける。

ふと振り返る。松本の街は夜に沈んでいる。

ここで乗れば、おそらくはもう二度と訪れない街。もう用はない。ここには、諦めてしまった依頼以外に用はないはずだ。

しかし芳光は、片足だけを帰路の列車に踏み込んだまま、しばらく動かずにいた。

2

松本の市街地はそう早くに眠りにつきはしない。しかし少し歩けば、深閑とした住宅街に入り込む。吹く風にはもう、秋の気配がある。

家々の明かりがまばらに灯《とも》る中、ざわめきが満ちている。赤い光の揺らめきは、薪を燃やす篝火《かがりび》のもの。大振りの電球は夜店を照らし出し、割高な商品に子供たちが一喜一憂する。

境内には大太鼓が並べられ、腕の太い男たちが撥《ばち》を構えて出番を待っている。男衆も女衆もみな熟柿《じゆくし》の息を吐き、まだ宵の口というのに、もう猿のように顔の赤い者もいる。マイクを持った男がついと歩み出て、聞き取りにくいぼそぼそ声で言う。

「では保存会による奉納太鼓です」

よおっ、というかけ声。空気を圧する太鼓の響きが、参道の浮かれた騒ぎを静める。

しかしそれも一瞬だけのこと。射的や輪投げに小遣いを投じ、綿飴《わたあめ》やたこ焼きをねだる子供たちの歓声は、すぐにも戻ってくる。

そうした賑《にぎ》わいから少し離れて、杉の植えられた一画がある。参道から逸《そ》れて、夜店の列を裏から見る位置。長い間に抜け落ちた杉の葉はいちいち拾う者もおらず、土の上に厚く積もって歩く者の足を沈める。大太鼓の演奏が続く境内からさほど離れてもいないのに、明かりに乏しいせいか、どこか静かな雰囲気がある。思い思いの食べ物を手にした子供や大人が、人混《ひとご》みから逃れて踏み込んで、安いソースを口のまわりにつけながらかぶりついている。

中には、杉の木を背にふと息をついている者もいる。煙草を吸う者、熱気に当てられうんざりした顔つきの者。そして、だらんと下げた手にショート缶のビールを持ち、杉の合間からのぞく篝火を見るともなしに見ているのは、北里可南子だった。

足元の柔らかさと太鼓の響きで、芳光の足音は完全に掻《か》き消された。実際、声をかけても、可南子は自分が呼びかけられたのだとは思わなかったようだ。物憂げな瞳《ひとみ》を動かそうともしない。

「北里さん」

と、少し強く名を呼んだ二度目で、ようやく可南子は芳光に気がついた。暗がりの中、可南子は当惑げだった。

「あら。……お帰りになったものと思っていました」

疲れが粘りつく声で、芳光は言う。

「駅までは行ったんですが、ちょっとお伝えしたいことがあって戻って来ました。ご自宅に伺ったんですが、お留守でしたので」

「よくここがわかりましたね」

小さく笑った。

「いやまあ……。留守とわかった時点で、諦めたんです。お伝えできないなら別に、それでもいいかなと思いました。人の集まる方に歩いたらここに着いたんですが、北里さんを探すというより、何か食べようと思っただけだったんです」

「それは偶然でしたね」

「ええ、本当に」

さりげなく周囲に目を配ると、可南子は手に持った缶ビールを芳光に差し出した。

「よかったら、お飲みになりますか。振る舞い酒のようなものなんですが、今夜はどうも、飲む気にならなくて。蓋《ふた》も開けていません」

手を伸ばす。

「そうですか。では」

ビールはぬるかった。旨《うま》くはなかったが、一息に流し込む。

その様子を可南子は何も言わずに見ていた。それで芳光は自分から切り出すしかなかった。口を拭《ぬぐ》い、少しの気まずさを覚えながら、おもむろに切り出す。

「実は、さっきお話ししたことが少し間違っていたんじゃないかと、そう思いまして」

「間違い？」

「ええ。五つの断章は『アントワープの銃声』の後で、心境を残すために書かれた、という話のことです」

「それが違っていたんですか」

「はい。心境ではなかったかもしれません」

芳光は早くも頬を赤くしている。

そんな芳光を見る可南子の目は、どこか冷ややかだった。

「さっきお話しした結末のずれですが、少し考えてみました。たとえば『奇蹟の娘』の結末は、『明け方に見つかった焼死体。それが、哀れな女の末路であった』でなければ当てはまらないというものではありません。『決まりの悪い作り笑顔で、暗がりから女の子が現れた』でも、リドルストーリーの結末にはなり得ます」

「そうですね。先程もそんなことをおっしゃっていました」

「はい。そもそも僕は『物語』と『最後の一行』との対応が絶対のものかどうか、疑ってはいました。ただ題名が書いてあると聞かされていたから、そうなのかと納得していただけです。でもそこがあやしいとなれば、別の組み合わせはすぐに思いつきます。叶黒白の短篇《たんぺん》は、それなりに読み込みましたから」

　ほんの少し、可南子の口元が緩んだようだった。

「どれも怖い話だったから、わたしはそんなに読まなかったのに」

「僕も完全じゃない。見て話した方が、間違いがないでしょう」

　言いながらファイルを取り出す。四つの断章と四つの結末を、並べて話す。

「『転生の地』の結末は、『そして幼な子までが命を奪われる。私はただ、瞑目《めいもく》するしかなかった』だけでなく、『どうやら一刀の下に、男の首は落とされたものらしかった』でもありえます。

『小碑伝来』の結末は、『どうやら一刀の下に、男の首は落とされたものらしかった』の他に、『明け方に見つかった焼死体。それが、哀れな女の末路であった』でも当てはまります。

『暗い隧道』の結末は、『決まりの悪い作り笑顔で、暗がりから女の子が現れた』でなくてもいい。『そして幼な子までが命を奪われる。私はただ、瞑目するしかなかった』でも、いいわけです」

「なるほど、そうかもしれませんね」

　可南子は目を足元に落とした。

「しかし、それはどちらでもいいことだと、さっき菅生さん自身が言いましたよね。物語で心境を表したのなら、結末は重要ではない、と」

「早計でした。結末こそが、最も重要だった」

そう断言する。

きっかけは思いつきに過ぎなかった。

この地方の習俗に馴染《なじ》もうとしていた北里参吾が、七夕人形は飾ろうとしなかった。妻である斗満子の死が、参吾にとって既に克服されたものであったなら、吊った人形が妻の最期を連想させるからというのは当たらない。では可南子に見せたくなかったのだろうか。

そう考えて、すぐに疑問に気がついた。では、可南子は母親の最期の姿を見ただろうか。「アントワープの銃声」のルポでは、斗満子の遺体はすでにシャンデリアから下ろされていたとあった。蘇生措置《そせいそち》を施すためにも、もちろん迅速に下ろされていたことだろう。

もし可南子が首を吊った母親を見ているとしたら、事件の瞬間には眠っておらず、目覚めていたということではないか。だからこそ参吾は、可南子のために、七夕人形ではなく釣りしのぶを軒に吊ったのではなかったか。

眠っていたか、目覚めていたか。問題はそこにある。

「気づきませんか。結末を並べてみれば、いっそうはっきりします。リドルストーリー

『奇蹟の娘』で問われた謎《なぞ》は、『娘は眠っていたか、目覚めていたか』。そして僕は、同じ疑問を別の場所でも見ました」

ファイルを繰る。

開いたのは、雑誌記事「アントワープの銃声」のコピー。

「『深層』の中で弦巻彰男は、こう書いています。『もし本当に、父親と母親が死ぬ死なないで騒いでいたとしたら、娘はそのとき、ただ眠っていたのだろうか』と。

北里氏は宮内正一さんへの手紙で『何も言わず、且《か》つ広く主張する。この命題を解くため、僕は深志の地で拙《つたな》い筆を執った』と書いています。僕はこの言葉を軽く見た。当時の思い出を小説にした、という程度に考えてしまった。しかし違います。完全に対応しています。『アントワープの銃声』記事の中で娘は眠っていたかと問われたから、彼は『奇蹟の娘』を書いたのです。

同じように、北里氏が撃ったのは斗満子さんの首吊りの前か後かと書かれたから、彼は『転生の地』で、傷が付いたのは生前だったか死後だったかを問題にした。北里氏が斗満子さんを助けに行けなかった、そんな障害が本当にあったのかと訊かれたから、『暗い隧道』で障害の有無がリドルになった。小説は当時のマスメディアが投げかけた疑問文であり、結末の一行とはそれへの回答だったのです」

喉《のど》の渇きを覚え、缶にわずかに残っていたビールを飲み干す。

「『アントワープの銃声は、いったい何のために響いたのか。北里斗満子さんは本当に自殺だったのか』。……そう書かれたから、『小碑伝来』は、殺人か自殺かの二者択一の物語となりました。叶黒白の小説とは全《すべ》て、『アントワープの銃声』への反駁《はんばく》。追想などではなかった。僕はそう思います」


「菅生さん」

抑揚なく、可南子が尋ねる。

「なぜ、戻っていらしたんですか。もう、依頼は断るとおっしゃったのに」

「仕事を終わらせるためです」

自分の言葉に、芳光は驚いた。しかしその先も、言うことは決まっていた。

「僕はもう、大学に戻れる見込みはない。伯父の家にもいられない。だけどこれは僕の仕事です。叶《かな》うなら、終わらせたい」

たとえ自分の物語ではないとしても、と口の中で付け加える。

「『アントワープの銃声』の中で提示された疑問を数えました。五つです。そのうち四つは、既に言いました。対応する掌篇《しょうへん》も見つかっている。残る一つの疑問は」

ファイルに目を落とす。

「『しかし筆者は、より人間的な疑問を抱いている。即《すなわ》ち、北里参吾氏と斗満子さんの間に愛は残っていたのかということである』」

ああ、と、可南子が息を吐く。

「つまり、最後の一篇『雪の花』は、あなたのご両親の間に愛があったのかという主題になっているのでしょう。

北里参吾氏は、五つの断章を焼き捨てようとさえしました。彼にとってそれは誇らしいものではなかったのです。しかし捨てきれず、知人たちに送った。送った相手にはその掌篇の真意がわからないとしても、彼自身は知っているのです。これまで聞いていた北里参吾という人間のことを考えると、どうしても、彼が愛の有無を書いた最後の一篇『雪の花』を他人に送ったとは思えません。

結論を申し上げます。『雪の花』があるとしたら、あなたの家です。でなければ、彼はそれだけは焼き捨てたと思います」

沈黙が下りる。

境内では太鼓の演奏が休止に入り、ぱらぱらと拍手が起きている。

おもむろに、可南子が言った。

「菅生さん」

「……なんでしょう」

「あなたは、誠実な人ですね」

可南子は微笑《ほほえ》んでいる。どこか寂しげに。

「では、お尋ねします。あなたはそれぞれの掌篇に二つの結末が考えられるとおっしゃいました。『雪の花』は、どうなると思われますか」

「残った結末は『すべてはあの雪の中に眠っていて、真実は永遠に凍りついている』です。これはおそらく、ずれていない。なぜなら他の話では全て、雪など降っていないからです」

「もう一つ」

俯《うつむ》き、独り言のように。

「四つの掌篇にそれぞれ当てはまる二つの結末。どちらが、本当だったと思いますか？」

「それはもちろん」

言いかけて、言葉が止まった。

可南子がなおも問いかけてくる。

「あの文箱《ふばこ》の中の題名が、最近になって新しく書かれたものだとしたら、その答えは明らかだと思いませんか。書かれていた題名は真実を塗り隠すためのもので、題名とは違う組み合わせこそが本当の回答だと思いませんか」

芳光は、答えられなかった。逆に訊いた。

「あなたは……。知っていたんですか。原稿用紙に残された題名が、最近書かれたものだということ。最後の一行と掌篇の対応関係が、ずれているかもしれないこと。叶黒白の名で書かれた掌篇が、『アントワープの銃声』への回答だということ。

どこまでかは、知っていたんですね。僕に話したより多くのことを。それで、もう結論に辿《たど》り着いているんですね」

「わたしが知っていたのは、父の断章があの記事への回答だということだけ。だからわたしは、こう思っていました」

囁《ささや》くように、可南子が言う。

「『奇蹟の娘』。事件当夜、わたしは眠っていたか、目覚めていたか？　眠っていた。

『転生の地』。銃は飛び降りる前に撃たれたか、後で撃たれたか？　後だった。

『暗い隧道』。母に父は駆け寄れたか？　駆け寄れた。

『小碑伝来』。事件は他殺か自殺か？　自殺だった。

菅生さんに集めていただいた掌篇を読み、わたしはこう思っていました。そしてこれは、父がベルギー警察に話した内容と同じです。父が警察に話したことは本当だった、と。ですがあなたは違うと言う。聞いて、わたしも納得しました。おっしゃることはもっともです。あの題名は父のごまかしです。では真実は？」

そしてようやく、芳光は気づいた。

北里参吾がかつて書き、後に糊塗しようとした真実。アントワープの銃声。

『奇蹟の娘』。事件当夜、可南子は眠っていたか、目覚めていたか？　目覚めていた。

『転生の地』。銃は飛び降りる前に撃たれたか、後で撃たれたか？　前だった。

『暗い隧道』。妻に参吾は駆け寄れたか？　駆け寄れなかった。

『小碑伝来』。事件は他殺か自殺か？　他殺だった。

彼女は言った。

「わたしは見ていたんです。母は殺されました。そしてそれが、わたしの知りたいことでした」

七夕の空に、篝火の火の粉が上がっていく。

3

拝啓
残暑の候、いかがお過ごしでしょうか。
先日、貴店にご連絡差し上げました折、あなたがもうあのお店にはいないと教えられました。この手紙があなたの手に届くかさえ、不安です。
さて、過日は拙宅までご足労くださりありがとうございました。その後、充分なお礼も申し上げられず心苦しく思っておりますが、前後の事情に鑑《かんが》みお許しくださいますよう、お願いいたします。

今日は一つの告白をお伝えしたく、拙い筆を執った次第です。

あなたの炯眼《けいがん》は、わたし以外の誰も到達することはないと信じていた真実を見事に看破なさいました。率直に申し上げて、あの日あなたに仕事を依頼しました際、わたしはほとんど期待を抱いておりませんでした。五断章、そのうちの一つだけでも手に入ればと、そのぐらいの考えでおりました。あなたがあの事件の存在を知ってしまうとすら、思ってもいなかったのです。

しかしあなたは、わたしが不安を覚えるほどに手際よく、断章を集めていきました。それだけでなく、あなたはわたしの父のことを知っていきました。古書店というのはこれほど良くやってくれるものなのかと、わたしは幾度も驚かされました。あなたはわたしの依頼に対して、終始誠実でいてくださいました。

その誠実さが、真実をも暴いてしまうとは。

いいえ、これは恨み言ではありません。わたしの感謝は本当のことであると、何遍でも書き記します。

その感謝の念を表すため、わたしはあなたに、話さずにいたことをいくつかお伝えすべきだと思うのです。

父への追想のために五篇の断章を求めたというのは、偽りではありません。しかし、おそらくあなたも薄々お察しになっていたとおり、完全な真実でもありません。あの夜申し上げた通り、わたしは、断章が父に向けられた疑惑への回答だと知っておりました。

父は過去の全てを捨ててきたつもりでいたようですが、やはり多くのものを捨てきれずにいたのです。あの事件を報じた記事のスクラップブックを、わたしは高校生の頃には既に見つけておりました。それは物置に置き去られていたのです。

父が世を去った後、文箱から見つけた五つの「結末」と『深層』誌の五つの疑惑を結びつけるのに、さほど時間はかかりませんでした。直接的にその二つを関連づけたのが、あの甲野十蔵氏からの手紙であったことは言うまでもありません。

わたしは、父の断章を集めれば、疑惑とされた日の真実が得られると期待して、あなたのいた店を訪れたのです。

おそらくあなたは、わたしが真実を求めた理由を、こう解釈なさるでしょう。わたしは、父が本当に母を殺害したのか知りたがっている、と。

しかし、そうではありません。

父は、わたしにとって良き父でした。もちろん、わたしにも世間並みの反抗はありました。父が完全な人間だったと言うつもりもありません。指折り数えれば、父の短所は十指に余るでしょう。しかし父は、わたしを愛し育ててくれました。それ以上の何を望みましょう。わたしは特段、父が殺人者であってほしくないとは思っていませんでした。いずれにせよそれはもう終わったことであり、わたしには最初から母がいなかったのですから。

つまり、あの疑惑において父の果たした役割は、わたしにとって興味のないことでした。仮に父が母を殺害したのだとしても、わたしは父を全面的に許すのですから、その点の真相は知るに値しません。

問題は、わたし自身のことです。

あの疑惑の年、わたしは四歳でした。

ある程度は歩くことができ、ある程度は話すことができる年齢です。非常に印象的なことであれば、断片的な記憶が残っている年齢でもあります。死の意味は理解できないとしても。

わたしは微《かす》かに憶《おぼ》えているのです。いつかどこかで、わたしは母に甘えました。離れていく母を恋うて抱きつきました。そして、あまりに曖昧《あいまい》な記憶ではありますが、その後わたしはとても恐ろしい目に遭ったようでした。たとえば、落雷のような轟音《ごうおん》にひっくり返ったような、そんな気もしていました。

自分がそれを憶えていると気づいたのは、中学生の頃ではなかったかと思います。その頃、わたしはその記憶を夢として、クラスの文集に作文を書きました。それを父が読んだかどうかは憶えていません。その後、高校に入り物置のスクラップブックから疑惑の存在を知ったことは、既に書いた通りです。

疑惑。わたしにとって、それは父に向けられたものではありませんでした。

母はシャンデリアにシーツをかけ、首を吊った。踏み台となった椅子から飛び降りたのです。そして父は、どんなタイミングで何の目的があってのことか、拳銃を発砲しました。これは否定されていない事実です。

わたしの疑惑とは、こうです。母は踏み台に上り、輪に首を差し入れたでしょう。飛び降りれば死に至ります。しかしわたしは、もしかしたら、母はそこから突き落とされたかもしれないと思ったのです。

はっきりと書きましょう。

死んでやると叫ぶ母がどこかに行ってしまうのではと恐れ、その足に抱きつき、揺さぶって椅子から突き落とした。

それがわたしのやったことのように思われたのです。

何度も、父に尋ねようとしました。しかしできなかった。疑惑を過去のものとして、平凡な親として会社員として生きている父に、どうしていまさらそんな話ができましょうか。結局わたしは、父がこの世を去るまで、何一つ行動することができませんでした。

真相を知ることが恐ろしかったというのも、もちろんありました。

しかしいま、あなたのご尽力のおかげで、全ては明らかになりました。

あの夜、やはりわたしは目を覚ましていた。何もかもを見ていた。

母を父が助けられなかった理由も、ほぼわかります。目覚めていたのだとわかれば、他の記憶も正しいのでしょう。わたしは、父のせいで母が遠くに行くのだと思い、父を妨げたのです。断章の一つで父が示唆した父と母の間にあった障害とは、わたしでした。

父が拳銃を発砲したのは、シーツを切るためだったでしょうか。そうかもしれません。しかしその銃声でわたしが大いに怯《ひる》んだことを思えば、あるいはその発砲は、わたしを脅かし身動きを封じて、母を助けるためだったのかもしれないと思います。その銃弾が、まだ踏み台の上にいた母の腕をかすめたことは、不幸な偶然だったと思います。父のルガー拳銃は古く、まともに弾が飛ばなかったのですから。

妻殺しの汚名を着せられた父は、何を思ったでしょうか。自分ではないのだと言いたくはならなかったのでしょうか。

しかし父は、そうは言わなかった。沈黙しました。

指を突きつけ、こいつだ、娘が妻を突き落としたのだと、言ってくれてもよかったのに。

ほんとうに、それでもよかったのに。

沈黙の代わりに、父は断章を残しました。

いくつかの断章の結末を入れ換えても話が終わるように書かれていたのは、偶然であるはずがありません。父は二十年前、明らかに真実と偽りとを入れ換えられるように小説を書いたのです。

そしてつい最近になって、最後の一行に偽りの題名を書き入れた。つらつら考えるに、わたしはそれが、父の入院が決まってからのことではなかったかと思います。五枚の原稿用紙の裏に書かれた偽りの題名は、わたしを騙《だま》すためのものに他なりません。父が亡くなった後、わたしが文箱から五枚の原稿用紙を見つけ、それを辿ることがあったなら、「母は自殺だった」という結論に辿り着く。父の詐術に気づかなければ、そうなったはずでした。

ですができれば、わたしは父自身の口から、母の話を聞きたかった。それが真実であれ、偽りであれ。

やはり生きている間に話をするべきだったと、いまは思います。


最後に、ささやかな発見を付け加えます。

もし最後の断章が残っているとすれば、それは家の中だとするあなたの指摘を受け、わたしはもう一度、心当たりを調べ尽くしました。

家の中には見つけられませんでした。しかしふと思いついて、わたしは父が入院した病院を訪ねました。

お話ししたかと思いますが、父は病気と闘おうとはしませんでした。入院したのも、自由の利かない体で家にいては、わたしに迷惑だと思ったからのようです。わたしは父の恢復《かいふく》を信じて入院を勧めたのに。

とにかくそういう理由で、父の入院は短いものでした。ですがその間にも、多くの方の世話になりました。

その中の一人、まだ若い看護師さんが、父から最後の断章を託されていました。

「焼いてくれと言われたが、そうしてはいけないものだと思ってできなかった。といって遺族に渡すのも故人の遺志を無視するようで気が引けて、どうにもできなかった」とのことでした。

読者であるあなたにこれをお送りして、わたしは追想を終えようと思います。

殺人者であるわたしが手紙に署名を残さないことを、お許しください。

かしこ

4

雪の花

北里参吾

嘗《かつ》てスカンディナビアを旅行した折、スウェーデンのボーロダーレンにほど近い街で、奇妙な話を聞いた。厳しい冬が終わり、ようようのこと春を迎えた山脈の一端で、遺骸《いがい》が見つかったというのだ。山地に入った人間が死ぬことは不幸には違いないが、一方よくあることでもあり、街の酒場でも最初たいした話題にもならなかった。それが、遺骸はどうやら若い女で、しかも相当古いものだとわかってから風向きが変わってきた。

誰かが「それはもしや雪の花を摘《つ》んだ女ではないか」と言い出して、それから巻き起こった静かな昂奮《こうふん》は私にはまるで理解できぬものだった。酒場の隅にいた博識らしい老人に雪の花を摘んだ女とは何かと尋ねることで、私はその言葉の意味と、ある男女の物語を知ったのである。

二十年ほど昔のこと。村の外れ、山の端も近いあたりに、一組の夫婦が住んでいた。男は紳士的で金持ちだった。女は貞淑で高潔だった。

男は夜になると街に出てきて、若い女を渉猟し高い酒を鯨飲した。村には彼の妻ほど美しい女はいなかったが、男の漁色は止《や》むことがなかった。しかし誰もが、彼が酒婬《しゅいん》を愛しているのではないことを知っていた。男が楽しんだことなど一度もなかったからである。

女はそんな男を批難しなかった。彼女は夫の不行跡など存在せず、仮に在ったとしても自分の耳には届いていないという顔でいた。それが沈黙と無関心というもっとも恐るべき凶器なのだということもまた、誰もが知ることであった。

ある日のこと、ほんの巡り合わせで、狂態の限りを尽くしていた男と隙《すき》なく正装した女が鉢合わせした。女は男に一瞥《いちべつ》を与えたのみだったが、男は女に侮蔑《ぶべつ》を与えた。

「今夜は良い夜だが明日は悪い日だ。俺は明日、年を取る。お前と二人で年老いていくのは実に不幸なことだと思わんか」

女は初めて男を振り返り、自分の家で話しかけられたように親しげに微笑んで答えた。

「わたしとしたことが、貴方《あなた》の誕生日は忘れておりました。貴方の贈り物のお返しに、わたしも良い物を贈りましょう」

そして二人が言葉を交わすことは、これきり二度となかった。

彼女は冬を間近に控えたスカンディナビアの山地に分け入り、氷河に口を開けた亀裂《クレバス》に落ち込んだ。彼女が連れていた小間使いは、あっという間のことでとても助けることは出来なかったと弁解した。なぜ氷河を渡ろうとしたのかという問いには、小間使いはこう答えた。「奥様は雪の花をお求めでした。可憐《かれん》で貴重なあの花を」。

話を聞いた人々は皆一様に悲しみ、女の真心を信じなかったことを悔いた。憎いはずの男の誕生日に添えられた一輪の雪の花は、きっとあたたかな和解をもたらしたはずだのにと、運命の過酷さを嘆いた。

夫は人々の前で短銃を己のこめかみに押し当て、最期にこう言った。

「俺の妻はさすがに賢い女だった。贈り物は花一輪だったなどと本気で信じているのか？　おめでたい諸君に、ひとつ知恵をつけてやろう。あいつはこうすることで、俺を決定的に置き去りにしたのだ。見ろ、だから俺はこうするより他にない」

そして引鉄《ひきがね》を引いた。

それ以来、長く雪に閉ざされる北欧の村で、雪の花を摘んだ女にまつわる逸話は恰好《かっこう》の話の種になっている。彼女は最期まで貞女であったと信じられ、崇《あが》められているが、一方で男の言葉が呪《のろ》わしい残響となってもいる。何年かに一度、雪の中から女の遺骸が出ると人々の期待は大いに高まるが、たいていの場合それは不幸な遭難者に過ぎない。今回も死んでいたのは木樵《きこり》の娘だったそうだ。

あの村の人々はいまでも、女の遺骸は雪の花と真実を握りしめていると信じている。穏やかに流れる氷河が哀れな女を吐き出すその日に、秘められた思いまでもが全て明らかになるのだと信じている。

しかし私は、そうはなるまいと思う。

すべてはあの雪の中に眠っていて、真実は永遠に凍りついている。

解　説

葉山　響

■まずは設定

頁《ページ》を開くと、最初にあるのは女の子が書いた作文だ。小学生か中学生かは知らないが、そこはかとなく不気味で、かつ妙に理に勝ったような、子どもらしくない内容である。冒頭の段階では、これが何を意味しているのかさっぱりわからないが、あとで本編に絡んでくるんだろうと勝手に考えて、第一章に移る。こうして『追想五断章』の幕は上がる。

平成五年、古本屋にひとつの依頼が持ち込まれる。亡き父が書いた小説を探してくれないかというのだ。父が書いた小説は五編あり、しかもすべてがどうやらリドル・ストーリーらしい。どうしてわかったかというと、そのことを示す父宛ての手紙が家に残されていたからである。さらに、依頼者の手元には文章が一行のみ書かれた原稿用紙が五枚。それらは、それぞれの謎《リドル》の解決を示しているようなのだ。ここが面白いところで、リドル・ストーリーに本来あってはならない「解決編」が先に手元にあって、本編はどういう内容なのかわからないという、転倒した、おかしな状況が提示されるのである。言ってみれば、蛇の足が見つかったということは、持ち主の蛇がいるらしい、だから本体を探してほしい、という依頼が古本屋に持ち込まれたわけだ。ここがこの『追想五断章』という推理小説の、最もユニークなアイデアだろう。とはいえ、作者は簡単には「解決編」の一行を読者には与えてくれない。読者がその一行を読むことができるのは、飽くまで本編が発見され、そのテキストが紹介されたあとである。

依頼を受けたのは菅生芳光という休学中の大学生で、彼がこの小説の語り手となる。バブル景気崩壊のために学費と家賃が払えなくなり、叔父が営む古本屋に身を寄せている。店番中に持ち込まれた依頼を、彼は店主の叔父に黙って引き受けてしまう。報酬が案外高額だったのと、そして何より、先の展望も何もないのに、郷里に帰らず東京にへばりついている理由がほしかったから、らしい。とはいえ本編において彼の「人生」は、冷淡に言い切ってしまえば、ほとんど重要ではないのだ。菅生は、たしかに事件を追い推理もするが、狂言回しのようなもので、名探偵でございい、と大見得を切れるほどの活躍はさせてもらえない。語り手であっても、彼はこの作品の主役ではなく、焦点となる人物は、ほかに厳然と用意されている。

依頼者の父、北里参吾が書いたというリドル・ストーリーのうち、一編は菅生の店から見つかった。残るは四編。ペンネームはわかっているが、どこに発表されたのかはわからない。作家でもなくデビューしたわけでもない北里が、小説を掲載できる媒体は同人誌のみと思われるが、もしかしたら何かの拍子にふつうの小説誌に掲載されたことだってあったかも知れない。もしかしたら違うペンネームで発表されたのかも知れない。もしかしたらどこにも掲載されていないかも知れない。最後の一行があるだけで、実際には書かれなかった可能性だって否定できないのだ。調べようがない。かくして菅生青年は、書誌的なアプローチを狙わず、おもに人間関係から北里の小説の行方を追いかけてゆく。

　そして、その過程で出会った大学教授から、菅生青年は思わせぶりな発言を聞かされるのだ。「北里君もいつまでも過去をほじくり返されるのでは、たまらないでしょうね。まあしかし、人は誰しもそうです。一度かぶった汚名はすすげないものです」――その発言によって、どうやらこの小説は、単にリドル・ストーリーを探して回るだけの内容ではないようだということがわかる。背景にはどうやら「アントワープの銃声」という、ある年代以上の日本人にとっては常識ともいうべき事件が絡んでいるらしい。のちに明かされる「アントワープの銃声」の概要を知るに及んで、ある年代以上の日本人の読者の多くは、実際に起きた昭和の某事件を連想するのではないか。意外にも平成の世にまで飛び火し、最後まで大きな謎を残したまま、終わりを迎えたあの事件を。その事件は「ロス疑惑」と呼ばれる。勿論《もちろん》あの事件そのものが取り上げられるわけではないが、読者が勝手に連想するに足る適度な量のディテールが、「アントワープの銃声」には用意されているのだ。――複数のリドル・ストーリーのテキストが実際に挟み込まれる、遊戯的な本格ミステリだと思って楽しんでいたところ、ふいに現実味を帯びた影が立ち現れる。この小説はどうやら、我々が日々暮らしているこの世界と、同一ではないけれど、ねじれながらもつながっているらしい。そのことに気づき、知らずひんやりした気持ちになる。あるいは、リドル・ストーリーを巡る推理小説に、昭和の謎《ミステリ》のイメージを持ち込んだ（かも知れない）作者のたくらみにニンマリするか。いずれにせよ、淡々と進む小説ながら、『追想五断章』にはそのようなダイナミックな一面があるのだ。

■続いて背景

リドル・ストーリー（riddle story）とは表記のとおり謎物語のことで、本書のなかでは「読者に委ねて結末を書いていない小説」と説明されている。日本人によって書かれた最も有名なリドル・ストーリーというと、矢張り芥川龍之介の「藪の中」になるだろうか。

『山口雅也の本格ミステリ・アンソロジー』のなかで、編者が「リドル・ストーリーの古典三大名作」と紹介しているのが、マーク・トウェイン「恐ろしき、悲惨きわまる中世のロマンス」、フランク・R・ストックトン「女か虎か」、クリーヴランド・モフェット「謎のカード」である。注意すべきは、リドル・ストーリー最初期のこの三編のいずれもが、十九世紀の作品であることだ。とくにトウェイン「恐ろしき――」の発表は一八七〇年、「女か虎か」は一八八二年。世界最初の推理小説と呼ばれるエドガー・アラン・ポオの「モルグ街の殺人」はとっくに発表されていたけれど、それでもこれらはともにアーサー・コナン・ドイル『シャーロック・ホームズの冒険』刊行の前である。つまりリドル・ストーリーは、いまだミステリという形式が本格的な完成を遂げてはいない段階で生まれた文学形態と言えよう。ここが大切。

なぜ大切かというと、ミステリという形式が完成し成熟を始める前だからこそ、トウェインもストックトンもモフェットも、作中に真相への手掛かりを埋め込んでおきつつ解明部分を欠落させるという、高度なミステリを書こうという狙いは頭のなかになかっただろう、と推察できるからである。純粋なリドル・ストーリーは謎そのものを楽しむもので、真相を知りたがるのはお門違い、むしろ優れた謎物語というものは、真相があったほうがつまらなくなるのだ（注1）。

米澤穂信もこのあたりを適切に押さえていて、「リドルストーリーの中には、小説としては魅力的でも適切な結末はありえないという作例もあります。クリーブランド・モフェットという作家の『謎のカード』なんかがそうです。こじつけた結末を考えられないわけではありませんが、だから面白くなるというものでもありません」と作中人物に言わせている（注2）。実際、『追想五断章』に登場する五つのリドル・ストーリーは、真相を知らずとも謎の面白さで楽しめるように作者が心を砕いている節が見られるし、「真相」の一行を知らされると、なんだか味気ないような気持ちにさせられる。そこがすばらしい。

ところで、「複数のリドル・ストーリーを作中に埋め込んだ本格ミステリ」という本書の概要を最初に耳にした際は、途方もなくマニアライクな話だな、と驚かされたものだ。リドル・ストーリーは、北村薫や山口雅也が著作のなかでその魅力を語っていたことはあるものの、人口に膾炙《かいしゃ》した存在とは言い難く、作例もそれほど多くなければ、近年あらたに脚光を浴びたということもない。そのリドル・ストーリーを持ち出してきて長編を書こうとは……。

米澤は作中において躊躇《ためら》いなく名作ミステリに言及し、あるいはプロットを参照し、ときには換骨奪胎《かんこつだったい》を試みる作家である（日本推理作家協会賞候補となった短編「心あたりのある者は」を読んで、多くの読者がハリイ・ケメルマン「九マイルは遠すぎる」を連想したはずだ）。米澤は長編『犬はどこだ』の執筆においても、ネオ・ハードボイルドの代表的作家マイクル・Z・リューインの著書を参照したと思《おぼ》しいが、『追想五断章』ではさらにもう一歩踏み込んで、ロス・マクドナルド的な私立探偵小説のフォーマットを作中に持ち込んでいる。依頼を受け、失踪人ならぬ小説の行方を追う語り手が、物語の主人公にはならず、事件を見つめる傍観者のような立ち位置に収まるところは、まさにリュウ・アーチャーのシリーズを想起させるではないか。エラリイ・クイーンやジョン・ディクスン・カーなど特定の巨匠を信奉するのではなく、もっと幅広く世界の名作を参照しようとするスタンスは、二〇〇一年以降にデビューした推理作家のなかで際立っている。リドル・ストーリーを核に据えて長編を執筆するというアイデアも、このスタンスを取るなかで浮かび上がってきたものだろう。先程はマニアライクと書いたが、その姿勢はマニアライクというよりは、むしろイメージとしては豊饒なミステリの歴史に対する、そこにあらたに連なろうとする者からの敬意の表明に近い（注3）。歴史の継承者、という大仰な形容を米澤は好まないだろうが、そういったスタンスを彼は鮮明に表わしている。

といいつつ、『追想五断章』のなかに置かれたリドル・ストーリーの実作を読み返すと、案外作者はミステリのつもりでこれらの掌編を綴《つづ》ったわけではないかも知れない、という気もする。本書の前年に刊行された『儚《はかな》い羊たちの祝宴』は、さまざまな名作ミステリの谺《こだま》を作中に響かせつつ、次第に「奇妙な味」への傾斜を深めてゆく異色の作品集だったが、そのあとに『追想五断章』中の掌編を読むと、米澤が「奇妙な味」さえ飛び越えて、国内外の奇想作家たちへの憧れの念を控えめに表明しているようにも思えるのだ。米澤が久生十蘭《ひさおじゅうらん》のファンであることは周知の事実だし、たぶん中島敦も好きだろう。ロアルド・ダール、スタンリイ・エリンの両名手からジェラルド・カーシュ、デイヴィッド・イーリイなどの作家を経由して、ホルヘ・ルイス・ボルヘス、イタロ・カルヴィーノ、スティーヴン・ミルハウザー、残雪、ミロラド・パヴィチ、あるいはオルハン・パムク、ダニロ・キシュ——そういった作家たちへの憧れが、米澤穂信という作家のなかにはおそらくある。作中のリドル・ストーリーが苦い展開を辿ったり、悪意ある結末（解決編、という意味ではない）に彩られたりしても、それは米澤自身の悪意というよりは、前述の作家たちの著作に宿る「文学の毒」を、そのまま継承した結果であるようにも思うのだ。

ここまで書いてきて思ったが、リドル・ストーリーは「謎」を主軸として、ミステリと文学をつなぐ架け橋になれる存在なのかも知れませんね。

■最後に書誌

『追想五断章』は《小説すばる》二〇〇八年六月号から十二月号まで、七回に亙《わた》り連載された。加筆修正の上、単行本版は翌年八月に刊行され、『このミステリーがすごい！二〇一〇年版』国内部門第四位（『儚い羊たちの祝宴』『秋期限定栗きんとん事件』でも票を集め、米澤は同アンケートで作家別得票数国内部門第一位に選出されている）、『ミステリが読みたい！　二〇一〇年版』国内部門第三位、『本格ミステリ・ベスト10　二〇一〇年版』国内部門第四位、《週刊文春》ミステリーベスト10（二〇〇九年）国内部門第五位にランクインするなど高い評価を受けた。さらに第六十三回日本推理作家協会賞（長編および連作短編集部門）、第十回本格ミステリ大賞の候補作に推され、受賞は逃したが、連続して候補となった長編『折れた竜骨』で第六十四回日本推理作家協会賞を受賞している。米澤にとっては三度目の候補での協会賞受賞となった。

『追想五断章』は、当時の担当編集者から「青春から離れた、渋い作品を」という依頼を受けて構想された作品だという。そのこともあっただろうが、本作は一九七八年生まれの米澤が、三十代になってはじめて世に放った長編であり、おそらくは本人にとっても「次の十年」を迎えて期するところがあったのではないか。本書はそう想像するに難くない、短い頁数のなかに凝った仕掛けを忍ばせた野心作となっている。

ぜひ読まれるといい、と思います。

（注1）たとえば東野圭吾の『どちらかが彼女を殺した』『私が彼を殺した』のような、真相に至る手掛かりを作中にちりばめながら、謎を未解決のまま残した作品もあり、これらのような作品もリドル・ストーリーの作例として数えられることはある。ただし、読者が自ら推理を巡ら

し真相に辿り着かなければ完結しない趣旨の作品であり、純粋なリドル・ストーリーとは言えないだろう。むしろ東野作品では、ブレイクのきっかけのひとつとなった某長編のほうが、リドル・ストーリーと呼ぶに相応《ふさわ》しいかも知れない。

（注2）それでもモフェットは「あれはこういうことだったのです」という内容の「続・謎のカード」という作品を、世のひとの求めに応じて書かされているけれど、やっぱり正編の艶消しにしか思えない。なお、本書の刊行に先立って、紀田順一郎編のアンソロジー『謎の物語』（ちくま文庫）が再編集の上で文庫化され、「恐ろしき、悲惨きわまる中世のロマンス」「女か虎か」「謎のカード」は勿論、「続・謎のカード」も簡単に読める状況になった。傑出したアンソロジーなので、ぜひ手に取って戴きたい。

本稿で挙げたリドル・ストーリーの邦題は、すべてこの『謎の物語』に拠った。

（注3）その一方で、外連味《けれんみ》たっぷりのミステリになりそうなアイデアを、米澤は飽くまで地に足のついた形で処理してみせる。どうもこの作家は、如何にも本格ミステリというゲーム空間を構築しておきながら、自らがその空間のなかで趣向と戯れることを良しとしないと考えている節がある。この一風変わった独自性が、今後どのような結果を生み出すのか注目してゆきたい。

初出誌　「小説すばる」二〇〇八年六月号〜十二月号

この作品は二〇〇九年八月、集英社より刊行されました。

集英社文庫　目録（日本文学）

森まゆみ　彰義隊遺聞
森瑤子　情事
森瑤子　嫉妬
森見登美彦　宵山万華鏡
森村誠一　壁の目　新・文学賞殺人事件
森村誠一　終着駅
森村誠一　腐蝕花壇
森村誠一　山の屍
森村誠一　砂の碑銘
森村誠一　悪しき星座
森村誠一　黒い神《み》座《くら》
森村誠一　ガラスの恋人
森村誠一　社《しゃ》奴《ど》
森村誠一　勇者の証明
森村誠一　復讐の花期　君に白い羽根を返せ
森村誠一　凍土の狩人
森村誠一　悪の戴冠式
森村誠一　社賊
諸田玲子　月を吐く
諸田玲子　髭麻呂　王朝捕物控え
諸田玲子　恋縫
諸田玲子　おんな泉岳寺
諸田玲子　狸穴《まみあな》あいあい坂
諸田玲子　炎天の雪(上)(下)
諸田玲子　恋かたみ　狸穴あいあい坂
諸田玲子　四十八人目の忠臣
諸田玲子　心がわり　狸穴あいあい坂
諸田玲子　今ひとたびの、和泉式部
八木圭一　手がかりは一皿の中に
八木圭一　手がかりは一皿の中に　ご当地グルメの誘惑
八木澤高明　青線　売春の記憶を刻む旅
八木原一恵・編訳　封神演義　前編
八木原一恵・編訳　封神演義　後編
矢口敦子　祈りの朝
矢口敦子　最後の手紙
矢口敦子　海より深く
矢口史靖　小説　ロボジー
薬丸岳　友罪
八坂裕子　幸運の99%は話し方できまる！
八坂裕子　言い返す力　夫・姑・あの人に
安田依央　たぶらかし
安田依央　終活ファッションショー
柳澤桂子　愛をこめ　いのち見つめて
柳澤桂子　生命《いのち》の不思議
柳澤桂子　ヒトゲノムとあなた
柳澤桂子　すべてのいのちが愛《いと》おしい　生命科学者から孫へのメッセージ
柳澤桂子　永遠のなかに生きる
柳田国男　遠野物語

集英社文庫　目録（日本文学）

矢野隆　蛇衆
矢野隆　慶長風雲録
矢野隆　斗《とう》棋《き》
山内マリコ　パリ行ったことないの
山内マリコ　あのこは貴族
山川方夫　夏の葬列
山川方夫　安南の王子
山口百恵　蒼い時
山崎宇子　ラブ×ドック
山崎ナオコーラ　「ジューシー」ってなんですか?
山田詠美　メイク・ミー・シック
山田詠美　熱帯安楽椅子
山田詠美　色彩の息子
山田詠美　ラビット病
山田かまち　17歳のポケット
山田吉彦　ONE PIECE勝利学
山中伸弥／畑中正一　ひろがる人類の夢　iPS細胞ができた!
山前譲・編　文豪の探偵小説
山前譲・編　文豪のミステリー小説
山本一力　銭売り賽《さい》蔵《ぞう》
山本一力　戌亥《いぬい》の追風《おいて》
山本兼一　雷神の筒
山本兼一　ジパング島発見記
山本兼一　命もいらず名もいらず(上)幕末篇
山本兼一　命もいらず名もいらず(下)明治篇
山本兼一　修羅走る　関ヶ原
山本文緒　あなたには帰る家がある
山本文緒　ぼくのパジャマでおやすみ
山本文緒　おひさまのブランケット
山本文緒　シュガーレス・ラヴ
山本文緒　まぶしくて見えない
山本文緒　落花流水
山本幸久　笑う招き猫
山本幸久　はなうた日和
山本幸久　男は敵、女はもっと敵
山本幸久　美晴さんランナウェイ
山本幸久　床屋さんへちょっと
山本幸久　GO!GO!アリゲーターズ
唯川恵　さよならをするために
唯川恵　彼女は恋を我慢できない
唯川恵　OL10年やりました
唯川恵　シフォンの風
唯川恵　キスよりもせつなく
唯川恵　ロンリー・コンプレックス
唯川恵　彼の隣りの席
唯川恵　ただそれだけの片想い
唯川恵　孤独で優しい夜
唯川恵　恋人はいつも不在

集英社文庫　目録（日本文学）

唯川恵　あなたへの日々
唯川恵　シングル・ブルー
唯川恵　愛しても届かない
唯川恵　イブの憂鬱
唯川恵　めまい
唯川恵　病む月
唯川恵　明日はじめる恋のために
唯川恵　海色の午後
唯川恵　肩ごしの恋人
唯川恵　ベター・ハーフ
唯川恵　今夜 誰のとなりで眠る
唯川恵　愛には少し足りない
唯川恵　彼女の嫌いな彼女
唯川恵　愛に似たもの
唯川恵　瑠璃でもなく、玻璃でもなく
唯川恵　今夜は心だけ抱いて

唯川恵　天に堕ちる
唯川恵　手のひらの砂漠
湯川豊　須賀敦子を読む
行成薫　名も無き世界のエンドロール
行成薫　本日のメニューは。
雪舟えま　バージンパンケーキ国分寺
柚月裕子　慈雨
夢枕獏　神々の山嶺《いただき》(上)(下)
夢枕獏　黒塚 KUROZUKA
夢枕獏　ものいふ髑髏《どくろ》
夢枕獏　秘伝「書く」技術
養老静江　ひとりでは生きられない ある女医の95年
横幕智裕 周良貨／能田茂・原作　監査役 野崎修平
横森理香　凍った蜜の月
横森理香　30歳からハッピーに生きるコツ
横山秀夫　第三の時効

吉川トリコ　しゃぼん
吉川トリコ　夢見るころはすぎない
吉木伸子　あなたの肌はまだまだキレイになる スーパースキンケア術
吉沢久子　老いをたのしんで生きる方法
吉沢久子　老いのさわやかひとり暮らし
吉沢久子　花の家事ごよみ 四季を楽しむ暮らし方
吉沢久子　老いの達人幸せ歳時記
吉沢久子　吉沢久子100歳のおいしい台所
吉田修一　初恋温泉
吉田修一　あの空の下で
吉田修一　空の冒険
吉田修一　作家と一日
吉永小百合　夢の続き
吉村達也　やさしく殺して
吉村達也　別れてください
吉村達也　セカンド・ワイフ

集英社文庫　目録（日本文学）

吉村達也　禁じられた遊び
吉村達也　私の遠藤くん
吉村達也　家族会議
吉村達也　可愛いベイビー
吉村達也　危険なふたり
吉村達也　ディープ・ブルー
吉村達也　生きてるうちに、さよならを
吉村達也　鬼の棲む家
吉村達也　怪物が覗く窓
吉村達也　悪魔が囁く教会
吉村達也　卑弥呼の赤い罠
吉村達也　飛鳥の怨霊の首
吉村達也　陰陽師暗殺
吉村達也　十三匹の蟹
吉村達也　それは経費で落とそう
吉村達也　[会社を休みましょう]殺人事件

吉村達也　OL捜査網
吉村達也　悪魔の手紙 ヨコハマOL探偵団
吉村龍一　旅のおわりは
吉村龍一　真夏のバディ
よしもとばなな　鳥たち
吉行あぐり 吉行和子　あぐり白寿の旅
吉行淳之介　子供の領分
與那覇潤　日本人はなぜ存在するか
米澤穂信　追想五断章
米原万里　オリガ・モリソヴナの反語法
米山公啓　医者の上にも3年
米山公啓　命の値段が決まる時
リービ英雄　模範郷
隆慶一郎　一夢庵風流記
隆慶一郎　かぶいて候
連城三紀彦　美女

連城三紀彦　隠れ菊(上)(下)
わかぎゑふ　秘密の花園
わかぎゑふ　ばかちらし
わかぎゑふ　大阪の神々
わかぎゑふ　花咲くばか娘
わかぎゑふ　大阪弁の秘密
わかぎゑふ　大阪人の掟
わかぎゑふ　大阪人、地球に迷う
わかぎゑふ　正しい大阪人の作り方
若桑みどり　クアトロ・ラガッツィ(上)(下) 天正少年使節と世界帝国
若竹七海　サンタクロースのせいにしよう
若竹七海　スクランブル
和久峻三　夢の浮橋殺人事件 あんみつ検事の捜査ファイル
和久峻三　女検事の涙は乾く あんみつ検事の捜査ファイル
和田秀樹　痛快！心理学 入門編 —なぜ僕らの心は壊れてしまうのか
和田秀樹　痛快！心理学 実践編 —どうしたら私たちはハッピーになれるのか

集英社文庫　目録（日本文学）

集英社文庫

追想五断章《ついそうごだんしょう》

2012年4月25日　第1刷　　定価はカバーに表示してあります。
2019年12月23日　第9刷

著　者　米澤穂信《よねざわほのぶ》

発行者　徳永　真

発行所　株式会社　集英社
東京都千代田区一ツ橋2-5-10　〒101-8050
電話　【編集部】03-3230-6095
【読者係】03-3230-6080
【販売部】03-3230-6393（書店専用）

印　刷　凸版印刷株式会社

製　本　凸版印刷株式会社

フォーマットデザイン　アリヤマデザインストア　　マークデザイン　居山浩二

ISBN978-4-08-746818-2 C0193